한국의 새로운 행다례 25

저자 소개

세계기독교차문화협회 / 일양문화연구원
전화 (031)511-3122
주소 경기도 남양주시 가운동 666-3 드림프라자 407호
E-mail missiontea@hanmail.net
Homepage www.missiontea.org

一羊 박천현

(현)세계기독교차문화협회 회장
(현)一洋文化 연구원 이사장
(현)바르게살기운동 중앙협의회 부회장
(현)해외 한민족교육진흥회 이사
(현)기독교대한성결 서울제일교회 장로
(현)문화유산 국민신탁 이사

2007년 올해의 茶人賞 수상

潤堂 김태연

(현)(사)한국차인연합회 부회장 및 다경회 회장
(현)(사)한국차인연합회 다도대학원 교수
(현)세계기독교차문화협회 교육원장
(현)다화원 원장(茶花연구가)
(현)찻자리연구가(Tea table setting Maestro)
(현)행다례연구가

제1회 올해의 茶人賞 수상
제16회 초의상 수상

CTS TV 내가 매일 기쁘게 출연
CBS TV 새롭게하소서 출연

2008년 『다화(茶花)』 출간
2009년 『한국의 아름다운 찻자리』 출간

한국의 새로운

행다례
25

세계기독교차문화협회

박천현 · 김태연 공저

이른아침

발간사 · 박천현 김태연

한국 차 문화의 새로운 비상을 꿈꾸며

차(茶)와 인연을 맺은 지도 어느덧 40여 년이 흘렀습니다. 차 문화의 불모지에서 시작한 차인으로서의 삶은 물론 간난신고(艱難辛苦)의 세월이었습니다. '난데없이 웬 차 문화냐'며 싸늘한 외면을 견뎌야 했던 시절도 있고, 몸이 축나도록 연구와 강의에 매달려야 했던 시절도 있었습니다. 하지만 돌이켜보면 차로부터 얻은 것이 더 많고 차로부터 배운 것이 더 많은, 참 행복한 시간들이었습니다. 내가 낳은 아이가 차를 배우고, 이제는 그 아이의 아이가 고사리 같은 손으로 차를 우려 할아버지 할머니가 된 우리에게 조심스럽게 찻잔을 내밀 때, 우리는 우리가 차와 함께 살아온 세월이 얼마나 축복받은 시간들이었는지를 새삼 생각하게 됩니다. 차와 함께 배우고 즐기고 가르치며 살아오는 동안, 우리의 차 문화도 발전하고 성장하고 깊어져왔습니다. 우리가 처음 차를 시작하던 시절과 비교해보면 그야말로 상전벽해(桑田碧海)라는 말이 실감될 정도로 지금 한국의 차 문화는 400만의 거대한 산맥으로 성장했습니다. 오로지 우리 차 문화를 일으켜 세우겠다는 일념으로 한눈팔지 않고 달려온 세월들이 결코 헛되지 않았음을 확인하는 마음은 기쁘기 그지없습니다.

한국 차 문화라는 작은 산이 거대한 무리를 이루어 마침내 산맥으로 바뀌는 모습을 보면서 우리는 '세계기독교차문화협회'라는 작은 기도를 시작했습니다. 하나의 소망을 담은 작은 기도로 시작된 세계기독교차문화협회는 지금은 시냇물로 이어지고 작은 강물이 되어 흐르고 있습니다. 그 강은 곧 망망대해의 바다로 나갈 준비를 하고 있습니다. 그 강물의 첫 번째 걸음이 『다화(茶花)』, 두 번째 걸음이 『한국의 아름다운 찻자리』였고, 세 번째 걸음이 바로 이번에 출간하는 『한국의 새로운 행다례 25』입니다.

옛 말씀에 '일신우일신(日新又日新)'이라는 말이 있습니다. 날마다 새롭게 살아가라는 말씀입니다. 디지털문화로 대표되는 현대사회는 하나의 문화가 고정적인 틀을 잡아내기도 전에 바뀌고 만다는 차원에서 다른 의미로 '일신우일신'의 시대입니다. 전통과 현대, 전통과 미래 등 다양한 문화들이 뒤섞이며 변신에 변신을 거듭하고 있는 것이 오늘의 현실입니다. 이에 발맞추어 정(正)과 반(反)을 결합하고, 결합된 합(合)을 다시 해체하여 우리 차 문화의 새로운 비전을 제시하면서 미래로의 비상을 준비하기 위해 펴낸 책이 바로 『한국의 새로운 행다례 25』입니다. 기존의 우리 행다례는 전통의 끝자락에 대한 새로운 해석에 있어서도, 현대사회 대중문화와의 결합을 담아낸 현대화에 있어서도 별 진전을 이루지 못해왔습니다. 우리 행다례의 전통을 살리면서 현대생활과 절묘한 조화를 이루기 위해서는 단순한 조합을 넘어 전혀 새로운 모습이어야 하는데, 그 부담이 작지 않기 때문에 이제껏 그 어느 누구도 시도하지 못했던 것입니다.

우리는 지난 10년간 그 어려움을 이겨내기 위해 간절한 기도를 통해 모든 것을 구했습니다. 어둠이 걷히지 않은 신새벽의 기도를 통해 보여주신 하나님의 마음을 연구실에서 우리에게 필요한 행다례로 바꿔냈습니다. 행다례에 필요한 음악도 마찬가지입니다. 간절한 구원의 기도 속에서 행다례 음악을 만들어냈습니다. 그 결과로 마침내 선보이는 것이 『한국의 새로운 행다례 25』입니다. 우리는 한국 차 문화의 새로운 비상을 꿈꾸기 위해 『한국의 새로운 행다례 25』를 세계기독교차문화협회 회원들과 우리 차 문화를 사랑하는 모든 사람들에게 헌정합니다. 또한 한국 차 문화의 무궁한 발전을 기원합니다. 말씀과 기도로 도움을 주신 서울제일성결교회 이신복 목사님과 이정숙 사모님, 언제나 든든한 후원자인 세계기독교차문화협회 회원 여러분, 사랑하고 축복합니다.

세계기독교차문화협회 회장 박천현

(사)한국차인연합회 부회장 김태연

교회에 차향이 가득한 순간을 꿈꾸며

무릇 다도를 말할 때 한국은 다례(茶禮)라 하고 중국은 다예(茶藝)라 하며 일본은 다도(茶道)라 한다. 이는 한국이 예(禮)를 중요시했음을 의미하며 중국은 아기자기한 재주에 역점을 두었음을 보여준다. 일본은 차 마시는 방법을 강조한 것으로 해석된다.

우리나라는 유교의 전통을 간직한 나라로 유교의 기본은 인(仁), 의(義), 예(禮), 지(智)다. '동방예의지국'이라는 말에서도 알 수 있듯이 우리 조상들은 특히 '예'를 중요시했다. 우리나라의 얼굴이라고 할 수 있는 국보1호 남대문(南大門)을 숭례문(崇禮門)이라 이름 붙인 데서도 이를 엿볼 수 있다. 조선왕조가 개경에서 한양으로 수도를 옮길 때 도시 설계를 인의예지(仁義禮智)로 하였는데 동대문은 흥인문(興仁門), 서대문은 돈의문(敦義門), 남대문은 숭례문(崇禮門), 북대문은 홍지문(弘智門)이라 함으로써 유교(儒敎)를 통치이념으로 나타냈던 것이다. 그러한 역사적 뿌리를 생각할 때 다도에 있어 예를 중시한 것은 당연해 보인다. 『조선왕조실록』 등 기록에 궁중다례가 많이 등장하는 것 또한 당연하다.

1979년에 창설된 (사)한국차인연합회(韓國茶人聯合會) 회원들은 그동안 역사적 문헌 자료를 근거로 다례를 만들어내는 일을 많이 해왔다. 화랑다유회(花郞茶遊會), 충담사다례(忠談師茶禮) 등을 비롯해 전통 다례, 창작 다례 등을 창안했고 각종 행사에서 발표해 왔다. 특히 본 연합회 김태연 부회장은 부군 박천현 회장과 함께 세계기독교차문화협회를 설립하고, 차 문화에 무관심했던 교회에 차 문화를 심고 이를 확산시키기 위해 여러 가지 기독교 다례를 창작하여 보급함으로써 큰 성과를 거두고 있으니 높이 평가할 만하다. '차 문화는 불교문화'라는 인식이 강해 차 문화에서 등을 돌리고 있던 교회에 차향이 풍기게 하고, 술이 없는 교회에 차 마시는 문화를 만들어냈다는 것은 극찬할 일이 아닐 수 없다. 기독교 다례가 국내뿐만 아니라 해외까지 번져나가게 함으로써 한국의 차 문화 위상도 한 단계 높였다고 볼 수 있다.

박천현 회장과 김태연 부회장이 그동안 연구 · 개발해서 보급해 온 기독교 폐백 다례를 비롯한 25가지 다례를 엮은 『한국의 새로운 행다례 25』를 출간한다. 『다화(茶花)』, 『한국의 아름다운 찻자리』에 이어 세 번째로 출간되는 이 책 역시 널리 읽혀 우리나라 차 문화 발전에 큰 도움을 주리라 기대한다. 지칠 줄 모르고 역작을 만들어 내는 이 부부의 열정에 많은 차인들과 함께 박수를 보내는 바이다.

2010년 5월 10일
(사)한국차인연합회 회장 박권흠

한국 차 문화의 새로운 이정표를 바라보며

국가나 민족의 정체성은 문화적 특성을 통해 이해·평가되고, 또 문화는 그 나라의 국력 혹은 민족의 우수성을 반영하는 잣대가 되기도 한다. 그래서 지금 세계 각국은 군비 경쟁보다 문화 경쟁에 더 많은 힘을 쏟고 있다. 문화를 통해 영향력을 확대하려고 노력하는 것이다. 현재 우리나라가 한류의 세계화를 국가적인 차원에서 확대·육성하고 있는 것도 우수한 문화가 갖는 파급력과 위력을 잘 알고 있기 때문이다.

나는 평생 동안 선진 외국의 문화적 장단점을 체험하면서 한국의 전통 차 문화가 세계적으로 얼마나 훌륭한 특성을 가졌는지 일찍이 깨달을 수 있었다. 그래서 30여 년 전부터 나름대로 차 문화 활동을 널리 전파하려고 노력해 왔다.

시간이 흐르며 우리 차 문화도 꾸준히 성장하였고, 이제는 차 인구 400만 시대가 되어 10명 중 1명 정도는 차를 즐기는 수준이 되었다. 그러나 '세계적인 차 강대국'이라는 국가 브랜드 이미지를 구축하기에는 여전히 부족한 면이 있음을 지적하고 싶다. 여기에는 여러 가지 원인이 있겠지만, 그중에서도 오랜 역사를 가진 전래적 문화의 보수적인 특성이 새로운 환경에 소극적으로 반응하는 경향을 꼽고 싶다. 다들 알고 있듯이 변화를 받아들이지 않는 전통은 결국 악습으로 변질될 뿐이다.

다행히 전통을 발판 삼아 창조적인 새 시대를 선도할 콘텐츠를 제공하려는 움직임이 곳곳에서 나타나고 있다. 차 분야도 마찬가지인데 그 선두주자가 바로 세계기독교차문화협회의 박천현 회장과 김태연 교육원장이다. 한국 차 문화의 새로운 문화 전통을 확립하고, 더 나아가 세계화하기 위해 불철주야 노력해 온 두 사람은 이미 『다화(茶花)』, 『한국의 아름다운 찻자리』를 통해 우리가 지향해야 할 방향을 역동적으로 제시한 바 있다. 이번에 발간되는 『한국의 새로운 행다례 25』 역시 마찬가지다. 이 책은 '전통'이라는 미명 하에 타성으로 안주해 있는 전통 행다례에 대항해 한국 차 문화의 새로운 가능성을 보여준다.

박천현 회장과 김태연 원장은 40여 년 가까이 한국 차 문화를 사랑하고 헌신해 온 차계의 보물들이다. 가진 것에 안주하지 않고 기도와 연구를 바탕으로 한국 현대 행다례를 새롭게 창조한 부부가 진심으로 자랑스럽다. 한국 차 문화계 모두가 환영해야 할 일이다. 『한국의 새로운 행다례 25』는 한국 차 문화의 새로운 지평을 여는 노작(勞作)이 될 것이다. 모든 차인들이 이 책을 필독서 삼아 한국 차 문화의 우수성을 세계에 널리 알리는 데 힘을 모으길 바란다.

이 책을 만드느라 고생한 이들에게 격려와 성원의 박수를 보낸다.

2010년 5월 10일
(사)한국차인연합회 이사장 박동선

차례

제1장 한국의 차 문화

제2장 기독교 행다법

제3장 일양(一羊) 행다법

제1장 한국의 차문화

문화(文化)란 자연 상태에서 벗어나 일정한 목적 또는 이상을 실현하고자 노력하는 사회 구성원에 의하여 습득·공유·전달되는 행동 양식과, 생활양식의 과정에서 이룩한 물질적·정신적 소득을 통틀어 지칭하는 말이다. 따라서 문화는 그 사회의 의식주를 비롯하여 언어·풍습·종교·학문·예술·제도 따위를 모두 포함한다.

문화는 족속이나 사회, 나아가 국가나 민족을 묶어주는 객관적인 근거가 될 뿐만 아니라 인류 역사 흐름의 발자취까지 실증하니, 당연히 문화의 영향력은 모든 문명의 기초가 된다. 학문과 과학을 통한 문화 발전은 기계, 도구, 건조물, 교통 통신 등의 물질문화 발전에 지대한 공헌을 했고 오늘날 문화적 가치관은 개인이나 사회, 집단, 그리고 국가와 민족에 절대적인 영향력을 발휘한다.

이처럼 인류의 문화적 창의력은 인간 내면의 정신생활 즉, 학문·예술·사상·과학 등을 발전시키는 데 큰 힘이 되었으며 현재까지도 정치·경제·제도·풍속·예술 등 생활의 모든 영역에 위력을 행사하며 종합적으로 사회를 발전시기고 있다. 그러니 사람들은 평소에는 그 영향력을 의식하거나 실감하지 못하는 경우가 많다. 일상생활 속에 너무나도 긴밀하게 문화가 스며들어 있기 때문이다.

우리의 친숙한 음료, 차(茶) 역시 마찬가지다. 일상 속에서 너무나 친숙하고, 흔한 것이기 때문에 우리는 차의 문화적, 물질적 가치를 의식하지 못하고 때론 홀대하기도 한다. 그러나 차 문화의 실체를 살펴보면 차가 차지하는 문화적인 가치의 어마어마함에 놀랄 수밖에 없다. 차 문화는 시, 서화와 같은 정신문화 창조부터 정치, 사회제도, 나아가 풍습이나 종교에까지 영향력을 행사하고 있다.

1. 한국의 차 문화와 기독교

1) 기독교 차 문화

차(茶)는 마늘, 토마토와 함께 세계 3대 식품으로 손꼽힌다. 차의 원산지는 중국 서남부 운남 지역과 인도 동북부 아셈 지역으로, 당나라 육우(陸羽)가 저술한 『다경(茶經)』을 보면 5,000년 전 신농씨(神農氏)가 차를 달여 마셨다는 내용이 나온다. 기록에도 나와 있듯이 차의 역사는 인류의 역사만큼이나 오래되었다. 『삼국지』에 유비가 어머니에게 드릴 차를 구하는 이야기가 나올 정도로 수천 년 전부터 인류는 차를 애용해 왔다.

이처럼 오랜 역사를 가진 차는 세계 지리와 인류의 역사까지 바꾸기도 한 대단한 식품이다. 영국은 차로 인한 과도한 국가 재정 적자를 해결하기 위해 인도를 식민지화하기에 이르렀으며, 중국과의 아편전쟁 역시 차가 그 원인이 되었다. 아편전쟁의 결과, 홍콩이라는 지명이 지도에 표시되었다. 미국 독립전쟁의 도화선도 바로 그 유명한 '보스톤 차 사건'이다.

차는 우리나라 역사에도 상당한 영향을 끼쳤다. 임진왜란이 발발한 내적인 원인을 살펴보면 바로 '차'가 중심에 있었음을 알 수 있다. 우리나라는 일본에 차 문화를 전파했는데, 당시 일본에는 다기(茶器)가 거의 없어 차를 마시기 위해서는 조선을 통해 도자기를 수입할 수밖에 없었다. 결국 국가 재정에 압박이 오자 일본은 임진왜란을 일으켰으며, 수많은 도자기를 약탈하고 도공들을 납치해 간 것이다. 당시 조선의 도자기 기술은 세계 최고 수준이었는데 임진왜란 이후 일본에 그 자리를 빼앗기게 된다.

차는 불교를 비롯한 여러 종교에도 영향을 끼쳐 많은 제례 문화를 창출하였다. 불교에서는 부처에게 '헌다(獻茶)'라는 의식을 통해 차를 올린다. 흔히 유교나 불교에서 명절에 차례(茶禮)를 지낸다고 말하는데, 이는 차로써 예를 올린다는 뜻으로 술로 하는 것이 아니었다.

이처럼 세계의 역사와 문화 변천에 지대한 영향을 미친 차에 대해 이제 기독교인들도 깊은 관심을 가질 때가 되었다. 그렇다면 기독교인들은 어떤 시각으로 차를 바라보아야 할까?

첫째, 예를 갖춘 기독교인이 되자.

우리나라는 예로부터 동방예의지국이라 불릴 정도로 예의를 중요시 여기는 민족이다. 차를 통해 예절을 배우고 따뜻한 차 한 잔을 이웃과 나누며 존경과 사랑으로 복음(福音)을 전파하자.

둘째, 음주 문화를 건전한 차 문화로 대체하자.

'차를 마시는 민족은 흥하고 술을 마시는 민족은 망한다'고 말한 선인들의 지혜를 기억하자. 지금 이 나라에 가득 찬 음주와 음란 문화를 기독교인이 앞장 서 건전한 차 문화로 바꿔야 한다. 일본, 중국은 말할 것도 없고 영국, 독일 등 세계에서 강한 국력을 자랑하는 나라들은 모두 대량의 차 소비국이다.

셋째, 우리의 전통적 다례 정신인 중정을 기억하자.

가운데 중(中), 바를 정(正). 중정(中正)은 바른 몸가짐을 의미한다. 우상·미신 문화에 빠지지 않고, 인본주의와 물질만능주의에 현혹되거나 치우치지 않는 중정 정신이야말로 복음의 정신이다. 복음의 눈으로 우리의 전통문화를 바라보면 분명한 해답이 보인다. 우리는 전통문화를 우상의 문화라고 버릴 것이 아니라 아름다운 하나님 문화로 바꾸는 지혜를 가져야 한다.

120년 전인 조선조 말기에 우리나라에 들어온 기독교는 '태초의 빛' 그 자체였다. 그 빛은 칠흑 속에 깊이 잠들었던 우리 민족을 일깨웠다. 선교사들을 통해 새로운 문물이 유입되고, 신학문이 소개되고, 의학이 들어오고, 그래서 병원이 생기고, 학교가 문을 열고, 인재들이 배출되니 비로소 이 나라의 미래가 보이기 시작했다. 이것이 바로 하나님의 은혜요, 복음의 역사다. 일제강점기의 수난시대에 교회는 우리의 피난처였다. 6.25 동란의 폐허 속에 버려진 고아들에게 아름다운 교회의 종소리는 바로 예수님의 구원의 목소리였다. 헐벗고 지친 아이들에게 크리스마스 캐럴은 꿈을 품게 해주었다. 이렇게 기독교는 어려운 고비마다 시대적 사명을 감당하면서 하나님의 은혜로 오늘의 부강한 한국을 이루는 데 큰 역할을 담당해 왔다.

오늘날 하나님은 제2의 시대적 사명을 우리에게 명령하고 계신다. 기독교인이 앞장서 술을 멀리하고, 중정의 정신으로 음주 문화를 차 문화로 바꿔야 한다. 맑은 정신으로 건전한 하나님 문화를 이 땅에 심는 데 우리 기독교인들이 앞장서야 한다. 세계기독교차문화협회는 차 문화를 이 땅에 심는 일을 실천하고 있다. 모두들 동참하여 이 땅의 음주와 우상 문화를 하나님의 거룩한 문화로 함께 바꾸자.

2) 기독교 정신과 자생 차나무

자생 차나무는 그 뿌리가 다른 나무보다 세 배 이상 길어 산불이 지나가도, 가뭄이 찾아와도 가장 먼저 다시 싹을 틔우는 강인함을 가졌다. 이처럼 지표의 웬만한 변화에는 영향을 받지 않고 한결같은 차나무의 모습은 마치 흔들림 없는 절대적 신앙관을 가진 기독교인의 모습을 보는 듯하다.

자생 차나무는 '불이식수(不移植樹)'라 싹이 난 후에는 옮겨 심으면 살지 못하는 특성이 있다. 딸에게 일부종사와 정절을 가르친 선조들과 "나 외의 다른 신을 섬기지 말라"고 한 십계명의 첫 번째 계명을 생각나게 한다.

자생 차나무는 스산한 추위 속에서 은은한 향의 꽃을 피운다. 마치 "너희는 이 세대를 본받지 말라"는 사도 바울의 가르침과도 같다. 우리 그리스도인은 세상의 향기이기 때문이다.

자생 차나무는 좋은 땅을 양보하는 아브라함과 같이 비전박토나 산비탈을 택하며 바위 틈 자갈밭에서 곧고 튼튼한 뿌리를 내린다. 이는 고난의 길이지만 외롭고 좁은 길, 생명의 길을 찾는 그리스도인의 모습이다.

차의 세 요소

차의 세 요소인 색, 향, 미는 차를 감상하는 가장 기본적인 지침이다. 차의 은은한 색은 하나님께서 주신 자연의 포근함을 느끼게 하고, 고요하고 아름다운 차의 향기는 이 세상 속에서 기독교인이 어떤 모습으로 살아가야 할 지를 시사해 준다. 차의 그윽한 맛과 여운을 남기는 섬세한 뒷맛은 기독교인이 지켜야 할 삶의 모습과도 같다.

차를 끓이는 데 필요한 세 가지 요소

차를 끓이는 데 필요한 세 가지 요소는 물, 불, 차다. 좋은 물을 길어 준비하고, 적당히 불을 다루어 차를 끓이는 데 정성을 다하며, 차가 우러나기를 기다리는 시간이 필요하다. 이것은 기도의 시간, 명상의 시간, 사랑의 교제 시간이 될 수 있다. 정성과 예로 손님을 대접할 때 손님은 그 마음을 감사히 받게 된다. 차 한 잔을 통해 기독교인은 홀로 조용히 묵상하면서 하나님과 만남을 체험할 수 있다.

차와 건강

차를 마시면 갈증이 해소되고, 면역력이 강화되며, 잠에서 깨어나고, 신진대사가 원활하게 이루어지며, 눈이 밝아진다. 차의 효능은 이뿐만이 아니다. 차는 정신을 안정시키고, 오장을 조화롭게 하고, 신체 피로를 제거하며, 몸과 마음을 편안하게 한다. 이것이야말로 평소 우리 기독교인들이 원하는 건강 생활이 아니겠는가? 먹고 마시는 것이 분에 넘쳐 건강을 해치고, 과소비를 부추기는 현실에서 차를 통해 건강을 유지하고 절제의 미덕을 기를 수 있다.

차 생활을 통한 기독교인의 역할

기독교에서는 술과 담배를 금하는 생활을 성도들에게 권하고 있다. 과거에는 이것이 마치 일방적으로 금욕주의적인 생활을 강요하는 듯한 오해를 불러일으켜 많은 사람들에게 거부감을 느끼게 했다. 그러나 오늘날 이 시대의 음주 문화와 청소년 흡연은 심각한 사회문제로 떠올랐다. 이 땅의 1,000만 기독교인들이 차 생활 문화 확산에 앞장선다면 활개 치는 음주 문화, 음란 문화가 이 땅에서 사라지리라 확신한다. 그동안 꾸준히 성장해 온 우리의 건전하고 아름다운 기독교 정신이 차 문화를 통해 이 땅, 이 민족의 문화 속에 온전히 뿌리를 내릴 때가 되었다.

3) 차 문화 확대를 위한 노력

최근 차에 대한 관심이 높아지면서 차를 가르치고 연구하는 곳이 전국 각지에 우후죽순처럼 생겨나고 각 대학에서도 앞 다투어 차 학과를 신설하는 등 예전에 비해 학문적 접근이 무척 용이해졌다. 그러나 반대급부로 정확하지 않은 지식을 가르치거나 그릇된 정보를 전달하는 경우도 그만큼 늘어났다. 세계기독교차문화협회는 기독교인들에게 정확한 차 지식을 전하고, 함께 건강한 차 문화 생활을 누리고자 노력하고 있다. 차의 기본인 다례(茶禮)를 알아보자.

1. 다례란?

다례는 사람 즉 사신이나 국빈, 왕에게 행하는 다례와 신에게 바치는 제례(祭禮)를 총칭하는 행위로 진다, 헌다 등이 있다.

• 진다(進茶) : 사람에게 하는 다례로 주로 국빈이나 사신을 맞이할 때 행했다. 고려시대에는 봄이 되면 연등회를, 가을에는 팔관회를 열어 왕에게 차를 올리며 왕실의 평안을 축원하였고, 신하에게는 차를 하사하였다.

• 헌다(獻茶), 차례 : 유(儒), 불(佛), 선(仙) 공히 차를 제례에 사용했는데 특히 불교에서는 헌다가 공양의 필수 항목이었다. 차 문화가 쇠퇴한 조선시대에는 정화수로 차를 대신하였으며, 이때 사용한 그릇을 다기(茶器)라 하였다. 이 명칭은 지금도 사용되고 있다. 우리가 흔히 "차례 지낸다"고 하는 말에서도 차 문화의 흔적을 엿볼 수 있다. 현재에는 차례를 지낼 때 술을 사용하는데 이 자리를 다시 차가 되찾아야 한다.

• 봉차(封茶) : 결혼할 때 시댁에 보내는 예물을 흔히 '봉채'라고 잘못 말하고 있다. '봉차'라고 해야 맞는 말이다. 신부 어머니가 정성으로 만들어 보낸 다식과 차로 시댁 어른들께 예를 드리는 것이다. 궁합을 따지고, 호화 혼수로 시비하며 혼인의 성스럽고 아름다운 풍습을 훼손시키는 오늘날의 세상 모습을 되새겨봄직하다.

봉차의 의미

시댁에 혼수로 차를 보내는 의미는 무엇일까?

떫고, 쓰고, 시고, 달고, 향긋한 다섯 가지의 차 맛을 시집살이에 비유한 것으로, 딸에게 인내하고 노력하면 행복이 온다는 것을 알려주고픈 친정 부모의 마음이 담겨 있다. 또 일 년 내내 푸르고 싱싱한 차나무와 같이 항상 건강하고 화목하게 잘 살라는 친정 부모의 교훈도 담고 있다. 마지막으로 옮겨 심으면 잘 살지 못하는 차나무의 특성처럼 그 가문에 뿌리를 내리고 서로 정절을 지키며 잘 살라는 뜻도 있다.

2. 다도와 다례를 통해 본 기독교 문화

차는 특정 종교의 산물이 아니고 어느 민족에 국한된 문화는 더더욱 아니다. 차에 대한 지식과 그 근본을 깨닫기 시작하면 만물을 지으신 창조주 하나님에 대한 확신과 감사가 더해진다.

우리 민족의 차 정신인 중정 또한 성경 말씀에 잘 표현되어 있다. "마음을 다하고 뜻을 다하여 주 너의 하나님을 사랑하라"(「마태복음」 22장 37절 말씀), "네 이웃을 네 몸과 같이 사랑하라"(「마태복음」 22장 39절 말씀)라고 분명히 말씀하셨으니 우리 기독교인들은 생활의 중심과 우선순위를 '내 자신'이 아닌 '하나님과 함께하는 공동체의 삶'으로 삼아야 힌다. 비른 차 문회 생활은 기독교 문화의 회복에 그 의미를 더해준다.

4) 다도를 통한 하나님의 계획

사람이 만일 온 천하를 얻고도 제 목숨을 잃으면
무엇이 유익하리요 사람이 무엇을 주고 제 목숨을 바꾸겠느냐

— 「마태복음」 16장 26절 말씀

인간은 세계 인류이기 이전에 국가와 민족으로 나뉘고, 그렇게 구분하기 전에 이웃과 가정으로 존재한다. 그 가정 안에는 '내'가 존재한다. 그렇다면 나는 누구인가? 하나님께서는 나의 생명에 대하여 무슨 말씀을 하셨는가? 예수님은 '나'의 생명이 천하보다도 귀하다고 말씀하셨다.

복음, 즉 생명을 살리는 말씀을 통하여 우리에게 알려주는 하나님의 계획 가운데 으뜸은 사랑이다. 사랑의 우선순위는 첫째 '나'에서 시작하여, 둘째 자신의 가정, 셋째 믿음의 공동체, 넷째 믿지 않는 이웃, 다섯째 자신의 민족, 그리고 마지막 여섯째, 타민족으로 퍼져나간다. 기독교인들은 하나님의 창조 질서에 따른 사랑의 우선순위를 바르게 인지하고, 이에 순종해야 한다. 하나님께서 특별한 사역을 위하여 우리를 부르실 때(calling), 우리는 바울처럼 순종해야 한다.

범사에 많으니 우선은 그들이 하나님의 말씀을 맡았음이니라

— 「로마서」 3장 2절 말씀

너희가 거듭난 것이 썩어질 씨로 된 것이 아니요
썩지 아니할 씨로 된 것이니 하나님의 살아 있고
항상 있는 말씀으로 되었느니라
그러므로 모든 육체는 풀과 같고 그 모든 영광이
풀의 꽃과 같으니 풀은 마르고 꽃은 떨어지되
오직 주의 말씀은 세세토록 있도다 하였으니
너희에게 전한 복음이 곧 이 말씀이니라

— 「베드로전서」 1장 23~25절 말씀

하나님의 말씀은 반드시 전해지게 되어 있다. 하나님께서 그렇게 계획하셨기 때문이다. 우리는 육신의 아버지와 영적인 아버지가 있음을 인지하고, 모든 성도는 이웃에게 전도하여 부지런히 영적 자녀를 생산해야 한다. 전도는 자신과 문화가 동일한 이웃에게 복음을 전파하는 것이고, 선교는 문화가 다른 타민족에게 복음을 전하는 것이다.

이를 위해서 가정에서는 자녀를 제자 삼는 교육(教育)이 필요하고, 학원에서는 수강생을 제자 삼는 교육이 필요하다. 제자 삼는 교육이란 예수님을 처음으로 영접한 새 신자의 내면적 영성 교육이자 예수님의 제자로서 어떻게 제자다운 삶을 살아야 하는지 알려주는 외적인 행위를 뜻한다.

교육은 크게 내용(contents)과 형식(forms)으로 나뉜다. 여기서 교육의 형식은 교육의 내용을 담은 그릇에 비유할 수 있겠다. 그릇이 크고, 견고하고, 아름답고, 세밀해야 귀하게 쓰이는 것처럼 교육의 형식도 조직적으로 잘 짜여야 그 속에 담긴 내용이 오랫동안 잘 보존된다.

선민교육을 위하여 여호와 하나님께서 유대인에게 절기를 명하고 말씀과 전통을 전수하신 것처럼 한국의 기독교인도 복음을 위하여 한국인에 맞는 절기와 전통을 규례로 만들어 가르칠 필요가 있다. 예수님께서 말씀하신 계명의 두 가지 영역은 '하나님 사랑'과 '이웃 사랑'이다. 이를 지키기 위해서는 당연히 하나님과 이웃에 대한 예를 갖추는 교육 형식이 필요하다.

차나무를 주신 하나님께 감사 기도를 드리고, 이웃(부모님, 선생님)에게 정성껏 우려낸 차 한 잔을 느낄 때, 하나님 사랑과 이웃 사랑의 아름다운 실천이 다례(茶禮)를 통해 완성된다. 다도(茶道)라는 아름다운 규례는 상대방과 허심탄회하게 소통할 수 있는 관계의 통로이며, 따라서 대화를 복음으로 이끌 수 있는 가장 좋은 도구가 된다. 복음 전도의 매개체로 '차'를 사용한다면 우리는 하나님의 마음을 시원하게 해드리는 충성된 자가 될 것이다.

이 세상에는 사람들이 개발한 음료가 헤아릴 수 없이 많이 존재하지만 차는 다른 음료가 가지지 못한 문화와 정신을 가지고 있다. 하나님의 자녀들은 문화를 가진 '차'를 도구 삼아 모든 사람을 축복으로 인도하는 통로로 사용해야 한다. 이를 위해 예수 그리스도를 통한 구원의 감사와 감

격이 솟아나는 영성이 깃든 다도를 개발하고, 규례 삼아 전수해야 한다.

구분	區分				技, Technics
한문 표기	身	言	書	判	才能
한글 표기	맵시	말씨	글씨	맘씨	솜씨
교육의 목적	禮	信	智	仁	義

첫째 덕목인 신(身)과 맵시는 몸가짐, 즉 예(禮)를 말한다. 둘째 덕목인 언(言)과 말씨는 말을 통하여 믿음을 주는 신(信) 즉, 신용을 뜻한다. 셋째 덕목인 서(書)와 글씨는 책을 많이 읽고 글을 쓸 줄 아는 지(智)를 의미한다. 넷째 덕목인 판(判)과 맘씨는 선악을 옳게 구별하여 의로운 판단을 함으로 어진 이(仁)가 될 수 있는 자질을 말한다. 이 네 가지 덕목 위에 기(技, technics), 즉 재주가 뛰어나다면 생활력이 강할 수 있다.

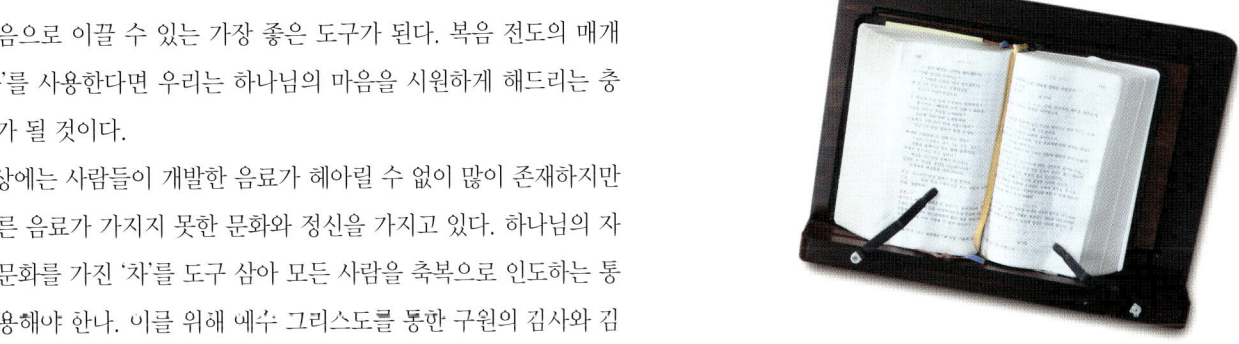

2. 차의 이론과 문화

1) 차란 무엇인가?

차란 무엇인가?

'차(茶, tea)'는 차나무(Camelia Sinensis)에서 채취한 잎을 가공하여 만든 음료를 말한다. 그런데 차는 식전·식후나 여가에 즐겨 마시는 기호음료를 총칭하기도 한다. 그렇다면 일상생활에서 즐겨 마시는 커피나 율무차, 인삼차, 유자차 등도 차라고 할 수 있을까? 이들은 찻잎 대신 곡류나 식물의 열매 혹은 뿌리, 꽃 등의 다른 재료를 뜨거운 물에 우려먹는 것으로 차를 대신한다 하여 대용차(代用茶)라고 부른다.

다도는 무엇인가?

다도(茶道)란 차를 매개 삼아 우리의 몸과 마음을 건강하게 만드는 일련의 수양 행위를 의미한다. 차 생활을 통해서 도의 차원, 즉 예의범절과 질서를 배우고 남을 배려하는 마음과 자신을 절제하는 마음을 길러 몸과 마음이 평안하고 고요해지는 것을 말한다. 과거 화랑이나 선비들이 심신을 다스리기 위한 수단으로 차 생활을 즐겼다.

행다는 무엇인가?

행다(行茶)란 차를 우려내고, 대접하며 마시는 일(事) 전체의 과정을 말한다. 즉, 차를 잘 우려마시는 질서나 순서 등의 행위로 마음과 정성이 특히 강조된다. 차를 우릴 때는 각 차의 품성에 맞게끔 물과 불, 다구가 조화를 이루어야 하며, 체(體)와 용(用)의 진미를 찻자리에 참석한 전원이 느낄 수 있어야 한다.

차사(茶事)에 있어 행다법(行茶法)은 반드시 필요한 요소이지만 지나치게 형식에 얽매이지는 말아야 한다. 동작은 기교나 멋을 부리지 않고 물 흐르듯 자연스러워야 하며, 간결하되 차의 예의범절이 묻어나야 한다.

차는 언제부터 마셨는가?

- 전설상의 기록 : 기원전 2,700년 경 중국 신농(神農)시대부터 약용(藥用)으로 이용.
- 중국의 문헌 : 기원전 59년 전한시대 왕포의 『동약(僮約)』에 차를 매매했다는 기록이 나옴.
- 우리나라의 유래 : 김부식의 『삼국사기』(828년 당나라에 갔다가 돌아온 사신 대렴(大廉)이 차씨를 가져오니 임금은 지리산 남쪽 기슭에 심게 하였다.) / 일연선사의 『삼국유사』(고대가야를 통해서 도입되었다는 설이 있다.)

차는 어떤 용도로 이용하였는가?

- 약용 : 해독작용, 각성작용, 이뇨작용 등
- 식용 : 중국 소수민족의 량반차(凉拌茶), 베트남의 미엔차(面茶), 라페소우(laphet-so) 등

2) 차의 효능

- 잠을 적게 자도 활동하는 데 별 지장이 없다.
- 마음을 편안하게 해준다.
- 눈을 밝게 해준다.
- 두통을 없애주고 머리를 맑게 해준다.
- 쓴 차일수록 갈증이 나지 않도록 해준다.
- 열을 내려준다.
- 더위를 덜 타게 해준다.
- 음식을 먹고 체했을 때 소화에 도움을 주고, 소화력을 키워준다.
- 술을 마실 때 차와 함께 마시면 쉽게 취하지 않고,
  숙취 해소를 돕는다. 특히 고정차가 좋다.
- 콜레스테롤과 지방을 제거해 비만을 예방한다.
- 온몸의 기가 원활하게 순환하도록 돕는다.
- 이뇨 작용을 돕는다.
- 변비를 없애준다.
- 배탈을 막아준다.
- 기침을 멈추게 하고 가래를 삭여 배출시킨다.
- 중풍을 예방하고 치료에 도움을 준다.
- 오복의 하나인 이가 튼튼해진다.
- 기력을 회복시킨다
- 성인병 예방 및 치료에 도움이 된다. 특히 고혈압과 당뇨에 효과적이다.
- 항암 효과가 있다.

3) 차의 분류

발효 정도에 따른 차의 분류

'발효'란 찻잎이 가공 특성에 따라 폴리페놀(Polyphenol) 성분이 산화효소(酸化酵素)되어 황색이나 홍색을 띠는 테아플라빈(theaflavin) 또는 테아루비긴(thearubigin)으로 바뀌면서 수색(水色)과 맛, 향 등이 변화하는 과정을 말한다. 변화 정도에 따라 불발효차, 반발효차, 발효차, 후발효차로 나눈다.

①불발효차(10% 이내 발효도)

고온에서 단시간에 산화효소의 활성화를 파괴시켜 제조하는 방법으로 찻잎은 녹색을 그대로 유지하며 함유 성분이 생엽과 가장 유사하게 보존되어 있다. 녹차가 바로 불발효차이다.

- 증제차 말차
- 덖음차 용정차, 벽라춘

②반발효차(10~65% 발효도)

반발효차는 10~30% 발효된 경발효차가 있고, 50~60% 발효된 반발효차가 있다. 백차, 포종차가 경발효차이며 청차와 화차는 반발효차이다.

- 백차 솜털이 덮인 차의 어린 싹을 비비지 않고 그대로 건조시켜 만든 차로, 향기가 맑고 산뜻하다.
- 포종차 녹차에 가까운 차로 수선, 동정오룡차 등이 해당한다.
- 청차 녹차와 홍차의 중간 정도 발효도를 가졌다.

- 화차 착향차라고도 부르는 화차에는 재스민차, 장미꽃차, 치자꽃차, 월계수꽃차 등이 있다.

③발효차(85% 이상)

세계 차 소비량의 85%를 차지하는 홍차가 발효차에 해당한다. 홍차는 잎차형 홍차와 파쇄형 홍차로 나뉘는데 잎을 살린 잎차형은 고급 정통 홍차로, 잎을 찢어 만든 파쇄형은 주로 보급형인 티백 홍차로 만들어진다. 찻잎을 잘게 부수고 찢어서 만든 파쇄형 홍차는 강한 맛이 특징이다. 중국 기문홍차, 인도 다즐링, 스리랑카 우바차를 세계3대 홍차로 꼽는다.

④후발효차

녹차의 제조 방법과 동일하지만 찻잎을 퇴적시켜 공기 중 미생물의 번식을 유도해 다시 발효가 일어나게 만드는 점에서 차이가 있다. 산화효소가 활성화되어 생산된 발효차와 구분된다. 황차와 흑차가 후발효차에 해당한다.

- 황차 황탕황엽(찻잎의 색상, 우려낸 수색, 찻잎 찌꺼기가 모두 황색임), 녹차와 우롱차의 중간에 해당하며 맛이 순하고 부드럽다.
- 흑차 찻잎은 흑갈색이고 수색은 갈황, 갈홍색을 띤다.

찻잎에 의한 분류(중국의 6대 다류)

분류	종류
백차(白茶)	백호은침, 백모단 등
녹차(綠茶)	용정차, 벽라춘, 가루차, 황산모봉차 등
황차(黃茶)	군산은침 등
청차(靑茶)	철관음, 동정우롱, 무이산 대홍포, 수선, 문산포종, 백호오룡 등
홍차(紅茶)	기문홍차, 다즐링, 우바차 등
흑차(黑茶)	보이차, 보이긴압차, 육보차 등

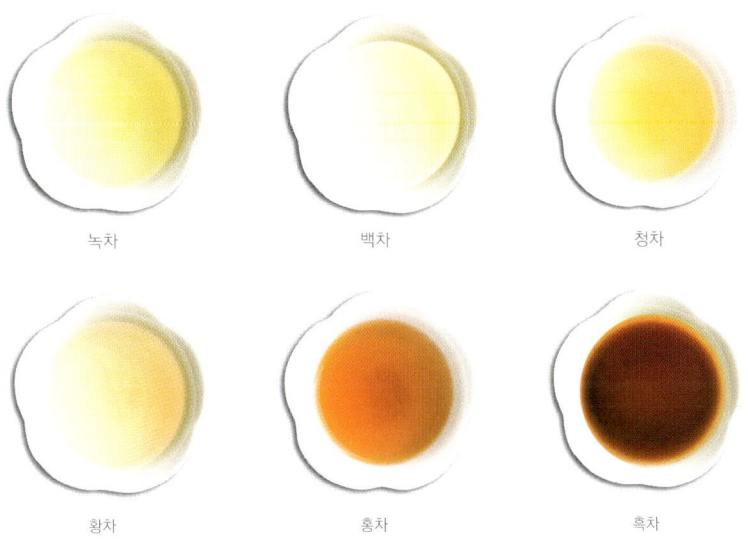

녹차   백차   청차

황차   홍차   흑차

제다법에 따른 분류(한국 : 녹차)

분류	특징
덖음차	생엽을 300℃ 내외의 솥에 넣어 덖음
일쇄차	생엽을 그대로 햇볕에 건조
증제차	생엽을 100℃ 내외의 수증기로 찜
자비차	끓는 물에 30초 이내 데침
발효차	

채다 시기에 따른 분류(한국 : 녹차)

지역에 따른 기후차 때문에 채다 시기가 다소 차이날 수 있다.

분류	내용
맏물차(극세작)	곡우(4월 20일) 전후, 작설차
첫물차(세작)	입하(5월 5일) 전후
두물차(중작)	5월 하순
세물차(대작)	5월 하순~6월 초
네물차(끝물차)	8월 하순 ~ 9월 중순, 엽차나 발효차, 주로 티백용이나 식품첨가물용

모양으로 본 분류

덩어리차, 낱잎차, 싸락차, 섞은차, 가루차 등이 있다.

4) 찻물의 선택 　　좋은 찻물이란?

　당나라 때의 『다경』, 명나라 때의 『자천소품』과 『전다수기』, 조선 후기 초의선사의 『다신전』 등을 보면 찻물의 품등과 종류, 선택 방법에 대한 많은 기록들이 보이는데 대부분은 산의 물을 이상적으로 여겼으며, 산의 물 가운데서도 산마루의 물을 더 좋은 것으로 간주했다. 우물의 물은 인가와 가깝기 때문에 찻물로는 적합하지 않으며, 강물은 물고기의 비린내가 날 수 있고, 모든 물이 모이기 때문에 좋지 않다고 되어 있다.

　현대에 와서는 경제가 발전하면서 환경이 변화해 물의 선택에도 영향을 미쳤다. 환경오염이 심해지면서 아주 깊은 산이 아니라면 산의 물을 사용하는 것도 안심할 수 없게 되었고, 약수 또한 오염된 곳이 많아 찻물에 적합하지 않게 되었다. 오염되지 않은 약수일 지라도 철분이나 탄산 성분 등 화학성분이 많이 포함된 물은 찻물로 사용할 수 없어 피해야 한다. 따라서 이제는 대부분 정수기 물이나 생수를 찻물로 사용한다. 수돗물을 사용할 경우에는 미리 물을 받아 하룻밤 동안 오지항아리에 가라앉혔다가 이튿날 사용하되, 윗물을 떠서 사용한다.

　가장 이상적인 찻물은 무미, 무취, 무향의 물이다.

찻물 끓이는 방법

『다신전』을 보면 찻물을 끓일 때 화후(火候)라 하여 불을 살피는 방법이 나온다. 즉 문무지후(文武之候)가 그것인데, 약한 불을 문화(文火), 센 불을 무화(武火)라 한다. 찻물을 끓일 때는 불길이 약하기만 해도 안 되며 세기만 해도 바람직하지 않다. 처음에는 약간 센 불에 끓이다 물이 끓기 시작하면 불길을 조금 줄인다.

『다신전』에는 또 노수(老水)와 눈수(嫩水)라 하여 찻물 끓이는 정도에 대해 기록을 해놓았다. 찻물을 지나치게 끓이면 물이 늙는다는 뜻에서 노수라 하며 찻물로 적합하지 않다 했고, 눈수가 알맞게 끓인 물이다.

찻물이 100℃로 끓기 시작해 30초 정도면 적합하다. 가정에서는 화로에 코일로 된 전기 화로를 넣어 사용하면 편리함과 더불어 차생활의 멋도 함께 즐길 수 있다. 진기포드를 사용해도 편리하다.

『다신전(茶神傳)』은 물을 끓일 때 크게 세 가지로 나눈다.

첫째, 물이 끓은 형태로 분별하는 '형변(型辨)'이 있다.(이때 물고기 눈알 크기 만한 작은 물방울 등은 설익은 맹탕이라 적합하지 않다.) 둘째, 물이 끓는 소리로 가리는 '성변(聲辨)'이 있다.(물방울이 샘물 속에서 구르듯 수정으로 된 염주알 같이 끓는 것은 맹탕이다.) 셋째, 물이 끓어오를 때 김으로 분별하는 '기변(氣辨)'이 있다.(파도가 솥 안에서 골고루 물결치는 것처럼 설설 끓는 것은 맹탕이다.)

끓는 물이 솟구쳐 오르고, 그 기세가 마치 파도처럼 일어나 수기가 모두 소열(消熱)되고 태풍이 지난 바다처럼 고요해진 형태기 비로소 잘 끓은 물이 되며 이것을 순숙(醇熟) 즉 잘 익은 물이라고 한다. 물을 익히는 방법은 차에 따라 조금씩 다르다.

5) 다구의 명칭

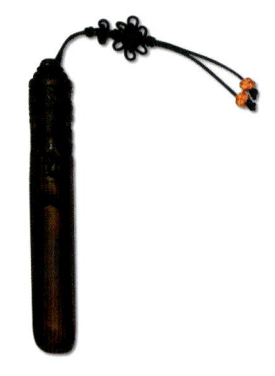

● 차칙(茶則)

차를 넣을 때 사용하는 찻숟가락 용도의 다구로, 대나무를 반으로 쪼개어 만들거나 대나무 뿌리로 만든다.

● 차탁(茶托)

찻잔 받침으로 도자기나 대나무, 등나무, 향나무 등으로 만든다. 나무로 만든 것이 찻잔과 부딪힐 때 나는 충격과 소음을 방지해 더 선호한다.

● 차선(茶筅)

말차를 다완에 풀 때 쓰는 대나무로 된 솔로 대나무의 쪼개짐에 따라 80본, 100본, 120본이 있다.

● 차선꽂이

차선을 꽂아놓는 다구로 차선의 모양을 잡아주고 곰팡이 발생을 방지해 준다. 차선의 형태를 변함 없이 유지하도록 도와준다.

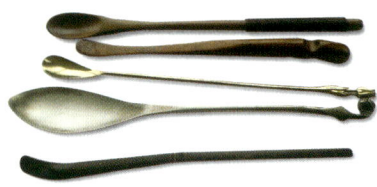

● 차시(茶匙)

차호에서 차를 떠서 다관에 옮기는 숟가락으로 대나무나 일반 나무를 깎아서 사용하거나 주칠을 한 수저를 사용한다.

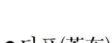

●차긁개
다관에서 차 찌꺼기를 꺼내기 편리하도록
만든 다구다.

●다포(茶布)
찻상 위에 깔아 찻물이 넘쳐도
정갈해 보이도록 한다.

●찻상(茶床)
다관, 숙우, 잔, 차호 등을 올려두는 상으로 목재
류가 많다. 모양은 정사각형, 직사각형, 타원형,
팔각형 등이 있다.

●다관(茶罐)
차를 우리는 주전자.

●숙우(熟盂)
물 식힘 그릇.

● 다완(茶碗)

잔보다는 큰 사발로 말차를 마실 때 사용한다.

● 퇴수기(退水器)

물을 버리거나 설거지 할 때 쓰는 큰 그릇을 말한다.

● 물항아리

차 우릴 물을 담아두는 항아리.

● 차호(茶壺)

차를 1~2일 동안 먹을 수 있게끔 넣어두는 작은
항아리나 통을 말한다.

● 다건(茶巾)

차를 우릴 때나 정리할 때 쓰는 행주이다.

● 탕정(湯鼎)

물을 끓이기 위해 곱들이나 쇠로 만든 솥이다.

● 화로(火爐), 탕관(湯罐)

찻물을 끓이기 위한 도구.

● 표자(杓子)

탕정에서 탕수를 떠내는 자루가 달린 바가지.

● 찻잔(茶盞)

우려낸 차를 담아두는 작은 그릇.

● 탕관(湯罐)

물을 끓이는 주전자.

6) 다기의 선택

다관의 선택

다기는 기능이 좋아야 한다. 특히 사용할 때 편리하고 깔끔한 것을 골라야 유용하게 쓸 수 있다. 다관은 부리가 몸체보다 지나치게 길거나 짧지 않은 것으로 선택한다. 다관을 고를 때 살펴봐야 할 핵심은 물이 나오는 구멍이다. 이 구멍이 작은 듯하고, 자른 각도가 수평에서 약간 밑으로 쳐진 것이 좋다. 다관 속의 거름망 구멍은 찻잎 부스러기가 빠져나오지 않는 정도로 선택하는데 너무 작은 것을 고르면 찻물이 잘 나오지 않는다.

숙우의 선택

녹차는 물을 70℃ 정도로 식혀 사용하기 때문에, 물 식힘 그릇(숙우)이 필요하다. 숙우를 고를 땐 부리가 밑으로 쳐지지 않은 것을 골라야 한다. 또 밑의 굽 높이가 조금은 높아야 뜨거운 물을 따랐을 때 들기가 쉽다.

찻잔의 선택

찻잔은 손에 잡았을 때 느낌이 좋아야 한다. 위가 벌어진 것, 종지 형태인 것 등 여러 종류가 있지만 개인의 기호에 맞는 것을 고르는 것이 바람직하다. 다른 대용차와는 달리 녹차는 한 잔만 마시지 않고 여러 잔을 마시므로, 지나치게 크지 않은 것을 고른다.

7) 다기의 종류

다기의 종류는 무척이나 다양하다. 사용할 다기를 선택할 때는 싫증이 잘 나지 않고 자신이 즐겨 사용할 만한 것을 골라야 한다. 크기가 무척 큰 것보다는 지나치게 크지 않은 편을 선택하는 것이 좋다. 우리나라 다기는 크게 백자, 청자, 분청으로 나눌 수 있는데, 장단점을 살펴보자.

백자

백자는 다기의 대명사로 차 생활을 하는 사람이라면 누구나 백자 한 벌쯤은 갖고 싶어한다. 가격은 비싼 편이며, 겨울에는 좀 차갑게 느껴진다. 백자는 순백색을 띠는 것이 좋다.

청자

청자는 차색인 녹색과 색이 겹쳐 차 고유의 색을 감상하기 어렵지만 여름에는 몇 번쯤 사용해 볼만하다.

분청

분청은 현대인과 가장 잘 부합되는 다기라 할 수 있다. 분청의 거친 질감과 자연스러움이 현대인의 기호에도 잘 맞기 때문이다. 그러나 지나치게 거칠거나 짙은 색상은 차를 즐기는 데 좋지 않다. 찻잔 안은 엷은 색을 칠해 차색을 감상할 수 있게 한 것이 좋다. 분청의 종류는 귀얄과 덤벙, 인화문으로 크게 나눌 수 있고 각각 특성이 있다.

8) 차의 보관 차는 흡착력이 무척 강해 주변의 냄새와 습기를 쉽게 흡수한다. 이렇게 되면 차 본래의 맛을 잃게 되니 보관에 신경 써야 한다. 빛이 차단되는 통에 보관하되 주방이나 냄새가 나는 곳, 습기가 많은 곳을 피해 밀봉해 보관한다.

9) 차 우리는 방법 녹차를 우려 마시는 방법은 다음과 같다.

① 차의 양은 1인분에 2g 정도로 계산한다.

② 예온, 즉 먼저 끓인 물을 숙우에 따르고 다시 그 물을 다관에 부었다가 찻잔에 붓는다.

③ 끓인 찻물을 대략 70℃ 정도로 식혀 사용한다. 물이 뜨거우면 차에서 쓰고 떫은맛이 나고, 차의 맛을 좌우하는 아미노산과 질소화합물은 덜 우러나기 때문에 맛이 떨어진다.

④ 다관에 사람의 수에 맞게 차를 덜어 넣고 70℃로 식힌 물을 붓고 약 1분에서 1분 30초 정도 우린다.

⑤ 예온을 하기 위해 찻잔에 따라놓은 물을 버린다.

⑥ 다관에 우린 찻물을 찻잔에 세 번에 나눠 따른다. 세 번에 나눠 따르는 것은 차의 맛을 고르게 하기 위해서다.

10) 차의 음용 방법　　찻잔을 왼손바닥에 올려놓고 오른손으로 잡고 마신다. 차의 색과 향기, 맛을 느끼며 마시되 3~4번에 나누어 마신다. 찻잔에 전해지는 차의 온기와 도자기의 질감도 음미한다. 차를 입 안에 넣고 머금었다가 삼킨다. 그래야만 차의 다섯 가지 맛을 고루 맛보고, 차의 풍취도 느낄 수 있다. 차의 여향은 차맛의 으뜸이므로, 여향을 놓치지 않도록 한다. 차는 차갑게 마시는 것보다 따뜻하게 마시는 것이 좋고, 그때그때 우려 마시는 것이 좋다.

11) 우리나라의 차 문화

가야시대의 차 문화

일연선사가 쓴 『삼국유사』를 보면 신라 30대 문무왕이 금관가야 시조인 김수로왕의 묘에 제사를 지내게 한 기록이 나온다. 문무왕은 왕명을 내려 종묘제사에 술과 단술을 빚게 하고 떡, 밥, 과일 등 여러 가지 음식을 갖추어 차로 제사를 지내게 했다. 이 기록으로 이미 가야시대에 토산차를 재배하고 차를 제례에도 사용하는 등 음다 풍속이 성행했음을 유추할 수 있다.

고구려시대의 차 문화

고구려 귀족분묘에서 전차(錢茶)가 발견되었는데, 이것은 사자(死者)가 생전에 차를 좋아했거나, 토신(土神)에게 차를 바친 것으로 볼 수 있다. 또한 고구려 초기 수도인 집안현(輯安縣)에서 굴뚝이 달린 이동식 화덕이 발견되어 들에서 차를 끓였거나 음식을 만들었음을 알 수 있다.

백제시대의 차 문화

4세기 후반, 백제에 화려한 불교문화가 전래되면서 사원과 귀족사회에서 음다 풍속이 성행하였다. 일본 『동대사요록』에 백제의 귀화승인 행기(行基, 668~749)가 중생을 위해 차나무를 심었다는 기록이 있다. 이는 백제의 차가 일본에 전래되었음을 나타내며, 행기스님이 일본에 귀화하기 전인 7세기 이전에 이미 차를 일상에서 마셨음을 추정하게 한다.

신라시대의 차 문화

한송정의 샘(좌)
한송정 석지조(우)

6세기 초, 불교의 공인과 더불어 왕권이 강화되고 귀족사회가 안정되면서 문화가 전반적으로 발전하게 된다. 차 문화도 예외가 아니어서 신라는 고대국가 중 가장 많은 차 문화 자료를 남겼다. 김부식이 쓴 『삼국사기』 제2권에는 선덕여왕(善德女王, 632~647) 때부터 차가 있었다는 기록이 있으며, 『삼국사기』 제10권에는 흥덕왕(興德王, ?~836) 3년(828)에 당나라 사신으로 갔던 대렴이 돌아오는 길에 차의 종자를 가져와 지리산에 심었다는 기록도 있다. 신라시대에는 청소년들의 심신수양과 인재양성을 위한 화랑도가 있었는데, 이는 국가 발전과 삼국통일의 토대가 되었다. 유불선 사상의 영향을 받은 화랑들은 심신을 단련하고자 차를 나누어 마시며 서로 강하게 결속하였다. 강릉 한송정에는 화랑들이 사용한 석지조(石池竈, 돌로 만든 일종의 화덕으로 한쪽에는 물을 담을 수 있는 못과 불을 피우는 화덕이 붙어 있다)와 다조(茶竈, 차부뚜막), 차솥 등의 유물이 남아 있다.

하동의 차 시배지

2007년 (사)한국차인연합회 서울경기협의회 일본차문화답사

삼국시대의 다법

- 『삼국유사』에 의하면 잎을 우려 마시는 전차(煎茶)를, 이규보의 『남행월
일록』에 의하면 잎을 연에 갈아 가루로 만든 다음 뜨거운 물에 풀어 마
시는 말차(抹茶)를 병행하였지만, 말차 음다법이 성행하였다.
- 진감선사 혜소의 비석에 쓰인 글에 보면 '누가 중국차를 보내오면 찻가
루를 내지 않고 돌솥에 넣어 섶나무로 불을 때서 삶았다'고 하였다.
- 최치원의 글에서는 '귀한 차를 받았으니 녹유를 금정에 끓이고 향고를
옥잔에 담아 마셔야 마땅하다'고 하였다.

고려시대의 차 문화

불교문화의 융성과 더불어 우리나라 차 문화의 전성기를 이루었으며,
왕과 귀족관리, 백성들 모두가 일상생활에서 차를 즐겨 마셨다. 차는 귀
중한 예물로 왕이 신하에게 하사하였으며 궁중의 여러 행사를 준비하는
다방(茶房)이란 관청을 두었고 일반 백성들이 차를 사서 마실 수 있는 다
점(茶店)을 설치하여 차를 마시는 풍속이 사회 전반에 성행하였다. 또 나
라의 큰 행사인 팔관회와 연등회 때 토신과 부처님께 헌다하고, 궁중의

각종 의식이나 사신을 맞이할 때도 다례가 베풀어졌다.

이규보, 이인로, 이색, 정몽구, 이제현 등의 다인들은 차 생활의 멋과
풍류를 읊은 다시(茶詩)를 많이 남겼으며, 특히 사원의 승방에서 차 문화
가 발달하여 다선일치(茶禪一致)의 경지에 이르렀으며, 수행 시 차로써
잠을 쫓기도 하였다. 고려사회에 차 문화가 성행하였다는 사실은 인종
때(1122~1146) 사신으로 왔던 서긍이 지은 고려도경[1]의 행장도에 잘 나타
나 있으며, 세계에 자랑할 만한 청자도 차 문화 발달의 소산이라고 볼
수 있다.

고려시대의 다법

- 말차가 성행하였다.
- 단차를 만들어 연다마 또는 다마(풀매)로 돌려 가루로 만들었다.
- '풀매를 돌릴 때마다 옥가루가 쏟아진다.'
- 차의 양을 나타내는 단위로 각(角)을 썼다.

이규보(李奎報, 1168~1241)
고려 중기의 대문장가로 호는 백운거사. 차는 선의 시작이고 차 맛은 도(道)
라 하여 다도일미(茶道一味)를 주장하였다.

---

1) 『고려도경(高麗圖經)』: 송 휘종의 명을 받은 사신 서긍(徐兢)이 1123년(인종1년)에 고려를 방문하여 보고 들은
것을 기록한 『선화봉사고려도경(宣和奉使高麗圖經)』을 말하는 것으로, 원래 글과 그림이 같이 있어 두경이라 하
였으니 그림은 없어지고 글만 전힌다. 고려의 징지사회·문화·경세·군사·예술· 기술·목식·풍속 등 문
물과 풍습 연구에 귀중한 자료가 된다.

조선시대의 차 문화

조선 초기에는 왕실과 조정의 의례에서도 차가 사용되고 조선 예법의 기준이 되는 『주자가례』에도 제사, 혼례, 사당의 제례 등에 차를 올리는 헌다의 법도가 있는 등 양반관료사회에 음다 풍속이 성행하였다.

조선 중기에는 왜란, 호란 등 양란 이후 경제적·사회적 혼란으로 차 생산이 감소되어 차 문화의 쇠퇴를 가져왔다. 그러나 사원의 승방에서 음다 생활이 유지 발전되어 왔다.

조선 말기에는 다산 정약용, 추사 김정희, 초의대선사가 쇠퇴한 차 문화를 다시 일으켰고 특히 초의선사는 해남에 일지암(日枝庵)을 중건하고 40년 동안 차의 모든 것을 연구하여 한국 차 문화를 중흥시켰다.

신라 및 고려시대에 비해 조선시대에 차 문화가 쇠퇴한 원인은 여러 가지다. 우선 조선 초기부터 사원에 중과세를 과하는 등 탄압이 있어 불교가 힘을 잃은 점과, 일반가정의 제례에서도 청주를 많이 사용하게 된 점 등을 꼽을 수 있다. 한편으로 일상생활에서 담배와 술 같은 기호품이 성행하고, 금수강산답게 좋은 생수가 많았으며, 식탁에서 숭늉을 많이 마시는 등 한국인의 생활습관 변화 등에서도 그 원인을 찾을 수 있다. 또 조선 후기 지방 관리에 의한 지나친 수탈도 차 문화 쇠퇴의 한 원인이 되었다고 볼 수 있다.

조선시대의 다법

- 차의 계량단위로 떡차와 잎차 모두 근(斤), 냥(兩), 혹은 포(包)와 봉(封)을 썼고, 떡차는 낱으로 개(個)를 꿰어서 곶(串)으로 썼다.
- 발효잎차와 떡차는 물에 넣어 끓여 마셨다.
- 찻사발이나 다관에 차를 넣고 뜨거운 물을 부어 우려 마셨다.
- 가루차는 물이 끓는 탕관에 가루차를 넣어 휘저어 끓여 차구기로 떠서 마시는 방법과, 찻사발 속에 가루차를 넣고 탕수를 부은 다음 차솔로 휘저어 마시는 방법이 있었다.

근대의 차 문화

일제 강점기에는 일본 사람들이 차의 생산과 보급을 주도했는데 이들이 조성하고 차를 재배한 곳이 광주의 무등다원, 정읍의 소천다원, 보성의 보성다원 등이다.

현재 우리나라의 차는 경상도와 전라도, 최근 제주도에서도 생산되고 있는데 사원이나 가정에서 소규모로 생산하는 경우도 있지만 대규모의 다원을 조성하여 생산하고 제조한다.

지리산 쌍계제다, 화개제다 등의 소규모 차 가공 공장이 있으며 일본인들이 경영하던 보성다원은 광복 후의 혼란과 6.25 사변 등으로 황폐해졌으나 20~30여 년 전부터 일어난 차 마시기 운동으로 전국에 100 여 개 이상의 차 생산 공장이 생기면서 매우 활성화되고 이제는 오히려 외국에서 상당량의 차를 수입할 정도로 수요가 급증하고 있다.

해방 직후 의재 허백련의 춘설헌을 중심으로 뜻있는 분들에 의해 명맥을 이어오던 우리의 차 문화는 1970년대부터 효당 최범술의 진주다인회, 해남의 김제현 김봉호, 진주의 아인 박종한, 서울의 명원 김미희, 박동선, 윤병상, 박태영 선생 등 소수 남성 중심의 차인들이 모임을 가지다. 1979년 최초로 문공부등록 한국차인회(초대 회장 이덕봉, 고문 박동선)가 창설되고 현재 사단법인 한국차인연합회로 개칭, 한국 차 문화계를 선도하고 있으며, 그 후 여러 단체들이 만들어지면서 현대 차 문화의 부흥기가 열렸다.

한편 부산에서는 1978년에 우리나라 최초로 한국부인다도회(회장 김태연-현 사단법인 한국차인연합회 부회장, 고문 신정희·정상구)가 창설되어 여성들의 차 생활이 사회에 영향력을 발휘하기 시작했다.

1999년 세계기독교차문화협회(회장 박천현)의 창립으로 불교문화의 일부로 인식되어 온 차 문화가 기독교계에 접목되면서 차 문화의 확산은 더욱 빨라지고, 다양하고 세련된 창작 행다례는 국내외로 확산을 꾀하고 있다.

12) 세계 역사와 지리를 바꾼 차

생존의 음료, 차

중국에서는 서북방의 몽고와 티베트 등의 민족에 대한 생사여탈권을 차로써 장악하는 국방정책이 사용되어 왔다. 몽고·티베트·중앙아시아 등 농업이 불가능한 초원이나 사막지대에 사는 사람들은 수육(獸肉)과 양젖 같은 지방질만 섭취하고 신선한 채소류를 구할 수 없기에 비타민C 결핍으로 인한 괴혈병(壞血病)에 잘 걸린다. 그러므로 유목민들에게 있어서 차는 생존음료가 되었던 것이다.

칭기즈칸의 세계정복을 도운 차

세계를 정복한 공포의 몽고 병사들은 필수품으로 차를 지니고 다녔다. 그들의 적은 상대적군보다 그들이 만나는 풍토와 물, 그리고 조그만 상처조차 이기지 못해 죽어가는 면역결핍이었다. 건조야채 구실을 하는 신선한 녹차는 지방의 용해체로서 괴혈병을 예방해 주었다.

- 중국이 서북방의 몽고나 티베트 민족, 중앙아시아의 사막 민족에게 차를 주지 않으면 그들은 생존음료인 차를 얻기 위하여 중국에 침입하는 등 중국 변방에는 차로 인한 분쟁이 끊이지 않았다.
- 명나라 생종의 가정 연간(1522~1566)에 명나라로부터 벽돌차의 공급이 끊긴 몽고의 알탄칸(俺答汗) 추장은 괴혈병 때문에 하는 수 없이 차 받기를 조건으로 투항, 귀순한 일도 있었다.
- 바스코 다 가마의 인도 탐험 항해 때 신선한 야채를 먹지 못하여 승무원의 절반 이상이 괴혈병으로 죽었다.

- 노일전쟁 때 만주의 여순에서 양군의 결전장이 되었던 203고지의 러시아군은 야채와 차의 보급이 끊겨 스텟셀 장군을 비롯한 많은 장병들이 괴혈병을 앓았다.

다마 무역의 역사

다마(茶馬) 무역의 역사를 살펴보면 봉연(封演)의 『봉씨문견기(封氏聞見記)』, 『신당서(新唐書)』, 명나라 구준(丘濬)의 『대학연의보(大學衍義補)』에 회홀(回乾)이 조공하러 들어갈 때부터 당나라에 말을 주고 차와 바꾸었다는 기록이 있다. 명나라 태조의 홍무 연간(1368~1398)에는 차 40근에 말 한 필의 교환율로 차 50여만 근과 말 1만 3,000여 필이 교환되었다. 이러한 다마 무역은 유무상통(有無相通)으로 공존공영(共存共榮)에 의한 화이협화(華夷協和)를 도모하는 제도였다.

미국의 독립전쟁

영국 정부는 식민지 평창정책으로 인한 군사비를 식민지 사람들의 분담으로 보상시키고자 동인도회사에게 식민지에 대한 차 판매 독점권을 주는 '차 조례(Tea Act)'를 1773년에 시행하게 되었다.

식민지 사람들은 높은 차세(茶稅)에 반대하게 되고 1773년 12월 16일 인디언으로 변장한 미국 보스턴다회(The Boston Tea Party)의 회원들이 보스턴 항구에 정박 중인 세 척의 영국 상선(Dartmouth호 등)에 올라가서 거기에 실려 온 홍차 상자(342상자, £18,000)를 바닷물에 던져 한때 보스턴

항구는 다관처럼 홍차로 물들었던 것으로 전한다.

이와 비슷한 사건이 이듬해 4월 뉴욕에서도 일어났다. 이 사건이 발단이 되어 1776년에 미국의 독립혁명(The American Revolution)이 일어나고, 그 결과 1783년 9월 오늘날 세계의 주역인 미국이 탄생되었다.

지금도 보스턴 항구에서는 그 옛날 습격을 받은 브리그비버호(복제)에 차 상자(모형)를 바닷물에 던지는 관광 프로그램을 제공하고 있다. 한편 초대 주미조선공사인 박정양(朴定陽, 1841~1904)의 『죽천고(竹泉稿)』에도 보스턴다회사건이 기록되어 있다.

영국의 인도 정복, 아편전쟁과 홍콩

대개 17세기 이래로 차와 향료 등에 내료된 서구의 국가들은 이를 확보하기 위해 혈안이 되어 결국 인도를 식민시화하고 아셈 지역의 차를 대량으로 수탈해 갔으나 절대량이 부족, 켈커타의 동인도회사를 통해 중국과의 본격적인 교역을 시작했다.

중국은 무역 항구를 늘리고 행상의 차, 도자기, 비단에 대한 중국 측의 편무역(片貿易, 무역독점) 대가로 영국의 금, 은, 시계 등과 은괴가 중국에 흘러 들어갔으며, 급기야 이러한 무역역조현상으로 심각한 국가재정 파탄에 빠진 영국은 국가재정을 시정하기 위하여 인도에서 아편을 만들어 중국에 밀매하였다.

이 때문에 중국은 아편의 해독에 고통 받고, 은 보유량이 격감되어 사회 기강이 크게 흔들리게 되었다. 이에 격분한 청은 영국인 소유의 아편

2만여 상자를 몰수하여 태워버렸고 이것이 발단이 되어 일어난 아편전쟁(The Opium War, 1839~1842)으로 세계지도에 홍콩이 생겨나고 청나라는 영국에 보상금 2,100만 냥($21,000)을 지불하고 상해, 영파, 하문, 복주, 광동의 다섯 항구를 개항하였다.

도자기 전쟁

①도공의 납치(拉致)

도요토미(豊臣秀吉, 1536~1598)가 임진(1592년)·정유(1597년)의 두 왜란을 일으킬 당시의 일본 사회에서는 한창 다도가 성행하였으며, 특히 도요토미는 나고야(名古屋)의 진중(陣中)에서도 차 모임(茶會)을 열고 차를 즐겼다. 그러나 당시 일본에서는 도자기를 만드는 기술이 없었기 때문에 찻잔은 중국과 조선에 의존하고 있었다.

조선 침략에 참전한 대부분의 제후(大名)들은 다도를 수련하였는데, 일본은 국토가 협소하여 전승한 군인들에게 토지 대신 다구(茶具)로 포상하였다. 전국시대에는 찻잔 한 개와 성(城) 하나를 동격으로 여기던 장군도 있었다. 그래서 장군들이 조선의 도자기에 대하여 탐을 내기도 하였거니와 도공을 납치하라는 주인장(朱印狀)이 내려지기도 하여 특히 정유

재란에 참전한 제후들은 경쟁적으로 많은 도공들을 납치하기에 혈안이 되었다. 이로 인해 당시 첨단산업이었던 우리의 도자기 산업은 일본으로 넘어가고 때맞추어 중국은 명나라에서 청나라로 바뀌면서 당시 도자기를 생산하여 유럽에 수출해오던 세계 최대의 도요지인 경덕진(景德鎭)이 폐쇄됨으로써 엄청난 주문이 일본으로 몰려들어 오늘날 기술, 자본의 선진화를 이루는 데 초석이 되었으니 우리로서는 참으로 통탄할 일이다.

조선에서 납치된 도공들에 의하여 이루어진 도요(陶窯)는 지금 일본의 최고 도예 명문가로 내려오고 있다. 또한 일본의 서부지역에는 지금도 다음과 같은 조선 언어의 도예 용어가 전승되고 있다.(서정범 선생 채집)

모구가루(목칼, 木刀)	자루므가루(자 르는 칼, 切刀)
바지므다에(받침대)	쥬렛다에(지렛대)
가주구(가죽, 皮)	안즈동(앉는 통나무) 바다(바닥)

조선 찻사발

천목다완(중국)

라꾸다완(일본)

②일본 다도의 발달

오늘날 일본의 다도를 구체화하기 시작한 것은 무라다 주코(村田珠光, 1433~1502) 때부터이며 그의 제자인 다케노 조(紹鷗, 1502~1555) 당시 이미 다도의 상당한 경지까지 이론화하기는 했으나 실제 도자기가 발달되지는 못하였고 그의 제자로서 오늘날 일본 다도의 아버지로 추앙 받는 센 노리큐(千利休, 1522~1591) 역시 이론적 체계는 완성하였다고 하나 실제 그들이 추구하는 사상을 뒷받침할 마땅한 도자기를 얻기가 어려워 완전한 다도의 구현이 불가능함을 토로하였다.

③와비 다도의 도구

『리큐백회기(利休百會記)』의 내용을 분석하면 리큐는 제아무리 자득(自得)의 다도, 즉 와비차(侘茶)를 하려 해도 이를 할 수 없는 근본적인 원인이 도자기를 알지 못함에 있다는 것을 깨닫게 되었다. 실제로 자득의 차에 쓰일 만한 도자기가 만들어진 것은 임진, 정유재란 이후였으며 이후 도쿠가와(德川) 시대(1603~1868, 江戶時代)가 된 다음부터 일본 도자기가 본격적으로 생산되기 시작했다. 일본의 상공대신을 지낸 후지하라(藤原銀次郞)는 『조선의 차와 선』에 붙인 '서문'에서 '일본의 다도에서 예로부터 가장 존중하여 온 명물차완(名物茶碗)의 8할까지가 조선의 도기이므로 조선의 차에 깊은 관심을 쏟지 않으면 안 된다'고 하였다.

오늘날에도 일본의 다도계에서 소중하게 여기는 한반도의 찻잔 이름에는 다음과 같은 것들이 있다.

가끼노헤다(柿之蔕)	가다데(堅手)
게이류우잔(鷄龍山)	고간뉴우(小貫入)
고모가이(熊川)	고쇼마루(御所丸)
고히끼(粉引)	구로고우라이(黑高麗)
깅가이(金海)	다마고대(玉子手)
도도야(魚屋)	미시마(三島)
소바(蕎麥)	시오게(塩筒)
아마고끼(尼吳器)	아마모리(雨漏)
와리 고우다이(割高台)	웅가꾸(雲鶴)
유우게끼(遊擊)	이도(井戶)
이라보(伊羅保)	죠우센 가라쓰(朝鮮唐津)
하게메(刷毛目)	하찌노데(鉢之手)
한스(半使)	후데 스스기(筆洗)

④도자기의 주문 생산

조선의 도자기는 한때 일본의 도자기와 함께 네덜란드의 상선(商船)에 실려서 일본으로부터 유럽으로 수출되었다. 특히 유럽인들은 조선 도자기의 우수성에 매료되어 삭손주에서는 모조품들을 만들기까지 하였다.

도예직품들은 일본의 바쿠후(幕府)가 대마도주(對馬藩)로 하여금 부신

초량의 왜관요(倭館窯)에서 구워오게 한 무역제도에 의하여 거래된 찻그릇이었다. 이른바 '고흥·야끼모노(御本燒物, 견본에 의하여 구운 도자기)'라는 것이 그것이다. 이러한 도자기의 주문 무역 제도는 인조 22년(1644년)에서 숙종 43년(1717년)까지 약 70여 년 동안 지속되었다.

왜관요에서는 조선과 일본의 도공들이 합동으로 찻그릇을 위주로 한 많은 도자기를 구워냈다. 당시 사용된 태토(胎土)는 경주·울산·곤양·하동·진주의 백토(白土)와 김해의 병토(甁土)·시토(柿土)가 사용되었다.

13) 『조선왕조실록』에 나타난 접빈 다례

접빈 다례

접빈 다례는 신라시대부터 고려시대를 거쳐 조선시대에까지 이어져 내려왔다. 그러다가 일제 침략 시대를 지내면서 이 전통이 단절되었다. 태조 때부터 순종 때까지의(1392~1910) 궁중 역사 기록인『조선왕조실록』에 '다례'라는 말이 처음 나온다. 그 뜻은 예절을 갖춰 손님을 맞이하여 차를 대접하는 것이다. 『조선왕조실록』에는 다례라는 용어가 총 570회 정도 나오며 그 내용을 분석해 보면 손님을 맞아 차를 대접하는 접빈 다례로, 다례를 주재하는 사람이 누구냐에 따라 둘로 나누어 볼 수 있다.

첫째는 외교사절을 맞아 임금이 행하는 공식적인 다례 행사로서의 접빈 다례다. 궁중 역사서로서의 특징상『조선왕조실록』에서는 이처럼 외국 사신을 맞아 임금이 중심이 되어 거행한 접빈 다례가 논의의 많은 부분을 차지하게 되었다.

둘째, 사대부와 귀족 승려들이 그들을 찾아온 손님을 맞아 행하는 비공식 다례로서의 접빈 다례다. 사대부, 귀족, 선비를 비롯하여 일반 백성들 사이에서 행해진 비공식 접빈 다례도 있었던 것이다.

접빈 다례의 원칙

- 접빈 다례를 주재하는 사람은 누구이며 그대상은 누구인가? 즉, 접빈 다례에서의 중심인물을 살핀다.
- 접빈 다례를 행하는 장소를 살핀다.
- 접빈 다례를 왜 하는지, 접빈 다례를 하는 목적과 종류를 파악한다.
- 접빈 다례의 내용을 분석한다.
- 시대별로 나타난 접빈 다례를 분석해 본다.

접빈 다례의 중심인물

- 옛날 궁중에서 접빈 다례를 할 때는 임금과 사신이 중심인물이 된다. 손님을 공경하는 뜻으로 임금이 직접 다례를 주재했고 그렇게 해야 예에 어긋나지 않는 것으로 여겼던 것이다.
- 세종 11년 1월, 사신을 접대해야 하는데 임금이 편찮았다. 연회와 같은 일정은 왕세자에게 위임했으나 다례만큼은 아픈 몸을 이끌고 임금이 몸소 주재하였다고 한다. 이것을 보면 조정에서 다례를 얼마나 중시했는지 짐작할 수 있다.
- 조선조 최대의 국가 위기였던 임진왜란 때에 선조 임금은 중국에 구원병을 청하느라 많은 중국 사신을 접대해야 했다. 전쟁의 와중에서도 선조는 역대 임금 중 가장 많은 98회의 접빈 다례를 거행했다.
- 임금이 병환이 나거나 어떤 이유로 다례를 기피하고 싶은 경우에는 왕세자나 대신들을 보내어 다례를 거행했다.
- 세종 17년에는 대신들이 성균관에 있는 문무사당에 중국 사신을 이끌고 가서 유생들과 다례를 했다.
- 단종 때인 1452년에는 대신 정인지, 김조, 정척, 이변 등이 사신 진둔, 이관과 함께 성균관에 나아가서 성균관 수재들과 다례를 한 후 경전의 강론을 듣고 고담준론을 나누기도 하였다.

• 성종 이후에 우리나라 사신이 일본인들과 다례를 한 기록이 나타나기 시작한다. 성종 7년(1476)에 우리나라 관리 김좌정이 대마도를 방문하니 대마도주가 다례를 하며 환영해 주었다고 보고했다.

접빈 다례가 행해진 장소
• 임금이 직무를 수행하는 궁궐
• 사신이 머무는 객관
• 편전(임금이 평소에 거처하는 곳)
• 정전(조정 관리들과 국사를 논하는 곳)
• 별전(본 궁외 따로 지은 궁전)
• 근정전(경복궁)
• 인정전(창덕궁)
• 숭정전(경희궁)
• 영정전(창경궁)
• 사정전(경복궁)

이 중에서 가장 많이 다례가 거행된 곳은 경복궁의 근정전이었다. 특히 칙서나 조서를 가지고 온 사신을 맞이할 때는 반드시 이곳에서 다례를 거행하였다. 경복궁 사정전의 경우 다례를 할 때 음악과 무용이 함께 진행된 것으로 기록되어 있다. 이 외에도 간혹 사신이나 귀족이 대신의 집을 방문하는 경우 사가에서 비공식 다례가 행해졌다. 또 대신들과 사신들이 성균관을 방문하면 성균관 명륜당에서 다례를 행했으며, 사신을 위로하기 위한 위로연이 강 위에서 벌어진 경우 강변의 정자와 배 안에서 다례가 행해졌다.

접빈 다례의 종류
• **영접 다례** 임금과 사신이 처음 만났을 때 임금이 사신에게 베푸는 다례를 말한다. 영접 다례의 절차는 먼저 임금이 외국사신에게 황제의 근황을 물으면 사신이 대답을 한다. 그러면 사신이 다시 우리 임금의 안부를 묻는데 이것을 사례(私禮)라고 한다. 공식적인 대화가 아니라는 뜻이다. 사례를 한 다음에 정해진 예법에 따라 다례를 엄숙하게 진행하였다. 영접 다례는 외교사절에게 최대한의 경의를 표하는 의전행사 중 하나이다.
• **접견 다례** 임금과 사신이 만났을 때 하는 다례가 접견 다례다. 사신이 대궐로 임금을 방문했을 경우 또는 임금이 사신이 머물고 있는 객관으로 거동하여 사신을 만날 때마다 다례를 했다고 한다. 『조선왕조실록』에 가장 많은 횟수로 나타나는 다례가 접견 다례다.
• **연희 다례** 사신을 영접한 후 먼 노정을 위로해 주는 잔치인 전별연, 전송연 때의 다례다. 전별연이나 전송연은 사신이 떠나기 전에 석별의 정을 표하려고 열어 주는 잔치다. 잔치를 할 때는 춤과 음악이 따르는 흥겨운 분위기에서 술이 대접되는데 술잔을 돌리기 전에 반드시

먼저 다례를 행하였다. 이것이 연희 다례다.

- **감사위로 다례** 사신들의 노고를 위로하기 위해 임금은 위로연을 베풀었는데 이때 거행된 다례가 위로 다례다. 이 자리에서는 우리나라와 중국 사이에 서로 선물을 교환했다. 성종 7년에 우리나라 사신이 일본에 갔을 때 다엽 한 봉지를 선물 받았다. 임진왜란을 치른 선조 임금은 유독 위로 다례를 많이 했다. 전쟁에 참가하여 부상을 당한 중국 장수를 찾아가 위로 다례를 하여 감사를 표현했다.
- **전별 다례** 임무를 마치고 돌아가기 전에 사신은 반드시 임금을 방문하여 하직인사를 올렸다. 이때 임금은 근정전이나 사정전으로 사신을 맞아 들여 다례를 베풀고 석별의 정을 표하는 전별연 또는 전송연을 열어 주었다. 이것이 전별 다례다.

14) 한중일 차의 정신

한국의 차 정신, 중정

①차인은 중정을 잃어서는 안 된다.

중정(中正)은 이것도 아니고 저것도 아닌 어정쩡한 태도가 아니다. 우아할 때 우아하고 소박할 때 소박한 태도가 지극히 아름답다. 중정(中正)은 지나쳐도 아니 되고 모자라도 아니 되며 모든 행함에 있어 정성이 들어가야만 된다. 특히 차 생활에 있어 차, 물, 불의 조화를 잘 이루고 차를 다루는 팽주의 자세에서도 진실하고 겸허한 태도가 조용히 나타날 때 중정이 이루어지는 것이다.

②우리의 다도 사상은 '정(正)'과 '중(中)'으로 요약할 수 있다.

정(正)과 중(中)은 우리 선조들의 다도사상이다. 중(中)은 중용(中庸)이고 정(正)은 무사(無邪)이다. 정(正)과 중(中)을 불가에서 보면 팔정도(八正道) 또는 중도(中道)라고 할 수 있다. 오늘날 우리의 다도정신으로 본다면 정(正)은 바름이고 중(中)은 알맞음이다. 정(正)은 분별이고 중(中)은 조화이다. 정(正)과 중(中)은 다사(茶事)와 행다례의 원리가 된다.

정(正)은 정갈한 차와 깨끗한 물을 가지고 알맞은 분향과 열로써 예리하게 알고 다루는 것이며, 중(中)은 이러한 요소들이 어우러지는 역동(力動)을 기(氣)와 시간으로 다스려 조화로운 맛과 향기를 얻는 것이다.

행다례에서 정(正)은 바른 자세이고 중(中)은 부드러움이다. 찻자리에서 정(正)은 주인과 손님의 기본 범절인 절대예절이고 중(中)은 상대예절을 뜻한다. 세밀한 정성이 정(正)이며 손님과 하나 되어 온화하고 편안한 마음이 되는 것이 중(中)이다. 정(正)과 중(中)은 다구나 다실의 미(美)의식 기준으로도 적용된다. 다도의 중정은 다인의 윤리적 삶에도 적용된다.

정(正)은 자신의 실체를 거짓 없이 꿰뚫어 보는 것이고 중(中)은 부족한 자신을 사랑하며 타인도 사랑하는 것이다. 맞추어 힘써 중(中)을 행하는 것이다. 정(正)은 성실한 노력이고 중(中)은 그로 인해 얻는 자유로움이다.

일본의 차 정신, 화경청적

①일본의 다도사상은 '화, 경, 청, 적'의 네 가지 규범을 중시한다.

'화(和)'란 찻자리의 주인과 손님들이 화목하며 화합하여 하나 된다는 의

미이다. '경(敬)'은 주인과 손님 모두가 서로 존중한다는 뜻이다. '청(淸)'은 물질적, 정신적 욕심을 떨치고 마음을 깨끗이 하여 자유로운 경지에 들며 다구의 청결을 함께 중요시한다는 뜻이다. '적(寂)'은 공간적 고요함과 차인의 조용함이 함께 할 때 다도(茶道)의 의미가 나타난다는 의미이다.

②사람을 대접할 때는 귀한 손님으로 생각하며 대접하라.

내가 스스로 귀인(貴人)으로 대접받으려면 이것을 잊어서는 안 된다. 화경(和敬)이라는 것이 단순히 서로 화합하고 상대를 존중하는 것만이 아니다. 마음이 맑지 않으면 진실한 화경(和敬)이 되지 않는다. 이렇기 때문에 일본에서는 다실에 들기 전에 정원에서 손과 입을 헹굴 수 있도록 해놓고 깨끗이 씻은 후에 다실로 들어가는 작은 출입구를 통해서 들어간다. 그래야 물질과 사람 사이에 격을 두지 않고 아주 평등한 속에서 사물을 다루어 갈 수 있다고 생각한 것이다. 그 속에 화경(和敬)이라는 길이 열리며 청적(淸寂)의 맑은 마음과 고요한 정신이 함께하게 된다.

중국의 차 정신, 정행검덕(精行儉德)

①육우는 『다경』에서 검덕을 강조했다.

육우는 『다경』을 통해 검덕(儉德)을 강조했다. 그 후 북송의 휘종황제는 『대관다론』에서 '청(淸)', '화(和)', '정(靜)'을 말하고 있다. 중국은 오랫동안 검(儉)소하고 청(淸)렴결백하며, 행(行)을 바르게 하고 덕(德)을 베풀며 사는 것이 다덕(茶德)이라고 믿어 왔다.

②중국은 중용 정신의 성립을 강조한다.

중국에서는 중용(中庸)을 중시했다. 차의 시고, 달고, 쓰고, 떫고, 향기로운 맛이 잘 어우러져 조화를 이루고, 차의 양과 물의 양이 알맞은 상태가 될 때 중용이 나타난다고 했다. 또 차를 준비할 때 정성을 다하고 표정을 온화하게 하며, 좋은 차를 마시고나면 그 맛을 깊이 음미하고 감탄하면서 차(茶, 草)의 으뜸임을 느끼며 감사할 때 다도(茶道)가, 또는 중용의 정신이 성립된다고 믿었다.

제2장 기독교 행다법

01 차와 기도

땅이 풀과 각기 종류대로 씨 맺는 채소와
각기 종류대로 씨 가진 열매 맺는 나무를 내니
하나님이 보시기에 좋았더라
– 「창세기」 1장 12절 말씀

행다례의 목적

경건하고 고요하게 차를 마시면서 하나님의 말씀과 은혜를 묵
상하기 위한 행다례다. 차인들과 더불어 행하는 다례가 아니요,
기도하는 사람과 절대자만이 찻자리에 참여하는 행다례이다.

행다의 의미

불교에서는 차를 마시며 선을 수행하고 유교에서는 차를 마시
며 명상을 한다. 기독교에서는 차를 음미하며 기도와 묵상을
하는 시간으로 활용한다. 기독교의 행다는 하나님께서 우리에
게 육신의 음료로 사용하라고 차나무를 주심에 감사하며, 하나
님의 말씀을 되새기는 시간이 되어야 한다.

다구에 담긴 의미

기독교 행다례에서 사용하는 다기는 일반적으로 계절과 찻자리 분위기에 맞는 것으로 선택한다. 청홍주머니와 차시집을 준비하고, 배경음악과 십자가를 잊지 않는다. 보통 청홍주머니의 의미는 음양으로 하늘과 땅을 표현하지만 기독교에서 청색은 하나님의 거룩하심과 성품을, 홍색은 예수님의 보혈과 죄 사함, 구원을 뜻한다.

성경에서 청홍주머니(보자기)의 근거를 찾아보자. 「민수기」 4장 7~11절 말씀을 보면 성막 안 지성소의 재단을 청홍보자기로 덮었고, 4장 12절 말씀을 보면 모든 기구들을 청홍보자기로 쌌다.

예수님께서 인간의 모든 죄를 대신하여 십자가에 못 박혀 돌아가심으로써 인류는 죄 사함을 받았다. 우리 모두 십자가 보혈로 구원 받고 승리의 삶을 살아가는 것이니 십자가 아래에 머물며 차를 마신다. 「시편」 23편과 주기도문 찬양을 배경음악으로 사용해 보자. 말씀 묵상과 행다에 편안함을 선사한다.

특징

청홍보자기에 찻사발을 넣고 풀 때의 간결함과 격불시 차선으로 예수 그리스도의 세계복음화를 표현한다. 차를 마시기 전에는 항상 감사 기도를 드려 기독교 행다라는 점을 부각시킨다. 자연스러움과 부드러움의 조화 속에서 절도 있는 동작을 취해 때론 찬양하는 듯한, 때론 기도하는 모습을 보이는 듯한 행다를 한다.

차의 향과 품성, 좋은 물

차 고유의 향을 감상하며 기독교인으로서 세상에 어떤 존재가
되어야 할지 생각해 보자. 차가 지닌 정갈한 맛을 음미하며 기
독교인이 갖춰야 할 품성이 무엇일지도 되짚어보자. 그러나 아
무리 좋은 차라 한들, 차를 우려낼 물이 없다면 모두 소용이 없
게 된다. 하나님께서 인간에게 생명수(물)를 주셨기에 우리는
맛있는 차를 마실 수 있다. 하나님의 은총이 담긴 차를 통해 영
적으로, 육체적으로 더욱 건강한 생활을 누리자. 차가 기독교
인의 오장을 조화롭게 하고, 신체의 피곤함을 풀어줄 것이다.

행다 순서

- 차를 주신 하나님께 기도하고, 두 손을 모아 목례한다.

- 찻사발 주머니를 열어 찻사발을 앞자리에 갖다 놓는다.

- 찻사발 주머니는 정리해서 오른쪽 퇴수기 뒤에 놓는다.

- 차시 주머니에서 차시를 꺼내고,
  주머니는 찻사발 주머니 뒤에 놓는다.

- 나건을 들고 탕관의 탕수를 찻사발에 붓는다.

- 탕관, 다건을 제자리에 놓고 차선으로 찻사발을 씻는다.
  이때 차선을 왼쪽에서 오른쪽, 뒤쪽에서 앞쪽으로 십자 모양을
  그리면서 예수 그리스도와 세계 복음화를 마음속으로 선포한다.

- 찻사발을 한 번 돌리고 난 후 물을 퇴수기에 버리고 다건으로
  찻사발을 닦는다.

- 차호에 들어 있는 가루차를 찻사발에 넣는다.

- 차호를 제자리에 놓고 백탕기 뚜껑을 연다.

- 탕관을 들어 백탕기에 먼저 따르고, 찻사발에 물을 붓고
  백탕기 뚜껑을 덮는다.

- 차선을 들어서 찻사발에 차를 곱게 푼다.
  이때 50번 정도 앞뒤로 격불해서 거품이 곱게 일어나도록 한다.

- 차를 마시기 전에 먼저 감사 기도를 드리고, 가볍게 목례한
  다음 두 손으로 찻사발을 감싸 쥐고 3번 정도 나누어 마신다.

- 차를 마신 후에 백탕기의 물을 찻사발에 부어 행궈서 마신다.

- 찻사발에 다시 물을 넉넉히 부어서 차선을 씻는다.

- 물을 버리고 다건으로 찻사발을 세 번 돌려 닦는다.
  이때 다건을 왼손에 끼우고 오른손으로 돌린다.

- 차시를 닦아서 차시 주머니에 넣는다.

- 차선을 찻사발에 넣고, 주머니에 찻사발을 넣고 끈으로 묶는다.

◀찻사발 주머니는 정리해서
오른쪽 퇴수기 뒤에 놓는다.

▶차시 주머니에서 차시를 꺼내고,
주머니는 찻사발 주머니 뒤에 놓는다.

▲차선을 들어 찻사발을 씻는다.

▲다건을 들어 찻사발을 한 번 돌리고, 물은 퇴수기에 버린다.

▲사호의 가루차를 찻사발에 넣는다.

▲다건으로 찻사발을 닦는다.

▲사신을 찻사발에 넣고, 찻사발 주머니에 찻사발을 넣고 끈으로 묶는다.

02 기독교 폐백

✝ 자녀들아 주 안에서 너희 부모에게 순종하라 이것이 옳으니라

네 아버지와 어머니를 공경하라

이것은 약속이 있는 첫 계명이니 이로써 네가 잘되고 땅에서 장수하리라

또 아비들아 너희 자녀를 노엽게 하지 말고 오직 주의 교훈과 훈계로 양육하라 ⌐

- 「에베소서」 6장 1~4절 말씀

장소 : 성동웨딩홀

팽주 양계순

기독교 폐백 다례란?

'혼인은 인륜지대사'라는 말처럼 선조들은 혼인을 인생의 최고 중대사로
여겼고, 두 남녀가 평생토록 한 가정을 꾸려나가기로 약속하는 순간을
혼례와 폐백을 통해 축하해 주었다. 그러나 물질만능주의가 세상을
지배하면서 사랑과 약속의 가치는 오히려 가벼워지고 호화 혼수
의 시비나 음주 문화로 변질된 폐백 등이 혼인의 본래 의미를 퇴
색시키고 있다. 이에 우리나라 기독교인들이 앞장 서 결혼 예
식을 바로 잡아야 한다. 신부 측에서 정성껏 만들어 보낸 다
식과 차로 시댁 어른들께 예를 드리는 행다례를 살펴보자.
한국 고유의 폐백 문화가 기독교 토양에 아름답게 접목
되는 현장을 눈으로 확인할 수 있다.

그러나 무릇 여호와를 의지하며 여호와를 의뢰하는 그 사람은 복을 받을 것이라

그는 물가에 심어진 나무가 그 뿌리를 강변에 뻗치고 더위가 올지라도 두려워하지 아니하며

그 잎이 청청하며 가무는 해에도 걱정이 없고 결실이 그치지 아니함 같으리라

ㅡ 「예레미야」 17장 7~8절 말씀

폐백 의식

기독교 폐백 다례는 술 대신 차를 사용하고, 밤과 대추 대신 말씀과 기도가 있는 폐백 행다례이다. 폐백에서 차를 사용하는 의미는 결혼하는 딸이 사시사철 푸른 찻잎처럼 변함없이 건강하고 행복하게 살기를 기원하는 친정 부모의 마음을 담은 것이다. 전통 폐백 의식에서는 밤과 대추를 사용하였으나 기독교식으로 새해석된 폐백 행다례에서는 말씀과 기도로 대신한다.

전통적으로 신부는 시어머니에게 육포를, 시아버지에게는 밤과 대추를 예물로 준비하였다. 시어머니께 육포를 드리는 이유는 육포의 결처럼 한결같이 순종하겠다는 의미이며, 밤에는 한자어인 栗(률)이 뜻하는 조심조심 두렵고 떨리는 마음이, 대추의 朝(조)는 일찍 일어나고 부지런하겠다는 부인의 서약이 담겨 있다. 시부모님은 많은 자식을 기원하는 의미에서 밤과 대추를 신부에게 던져주었다. 그렇지만 생명은 하나님께서 주시는 것이니 기독교인은 이런 우상적인 행위 대신에 말씀과 기도로 부부의 출발을 축복하도록 한다. 정성껏 준비한 차와 다식을 팔각상에 담아 가족에게 대접한다. 차를 우리는 사람과 절을 돕는 사람이 3인 1조가 되어 폐백 행다를 진행한다.

69

기독교 폐백 공개 발표

기독교 폐백 다례 시연 행사를 통해
기독교인들에게 새로운 행다례를 널리 알리는 시간을 가졌다.
그간의 기록을 보면 다음과 같다.

◎ 2002년 10월 17일 세계기독교차문화협회 2회 행사
  기독교 폐백 발표(장소 : 서울 삼성동 코스모타워 강당)

◎ 2003년 12월 09일 대전극동방송 청취자의 만남
  기독교 폐백 시연(장소 : 대전극동방송 공개홀)

◎ 2004년 02월 10일 온누리교회 교역자 예배
  기독교 폐백 시연(장소 : 서울 서빙고 온누리교회)

◎ 2004년 03월 16일 온누리교회 문화회복사역
  기독교 폐백 시연(장소 : 서울 서빙고 온누리교회)

◎ 2004년 05월 23일 온누리교회 열린 새신자 예배
  기독교 폐백 시연(장소 : 서울 서빙고 온누리교회)

◎ 2004년 10월 17일 울산광역시교회협의회&울산극동방송 건강한 문화 세미나
  기독교 폐백 시연(장소 : 울산태화교회)

기독교 폐백의 순서

신부는 봉차를 들고 신랑과 함께 입장한다.

수모는 신랑 신부 뒤를 따라 들어온다.
이때 팽주는 수모와 함께 자리에서 차를 준비한다.

수모는 봉차를 받아 시부모 앞에 놓는다.
이때 신랑은 옆으로 자리를 옮겨 선다.

신부는 첫 번째 절을 올린다.

절을 한 후 자리에 앉는다.

수모는 우려진 차를 담아와 신부를 통해서 시부모님께 차를 올린다.

시부모는 차와 다식을 맛본다.

신부는 두 번째 절을 올린다.

절을 한 신부는 신랑과 함께 자리에 앉는다.

시아버지는 신랑 신부에게 성경 말씀으로 축복을 해주고 밤, 대추
대신 성경책을 선물로 준다.

시어머니 역시 축하의 말과 함께 준비한 절값을 신부에게 건넨다.

신랑 신부는 부모님께 큰절을 올려 예를 갖춘다.

시아버지는 신랑 신부를 위한 축복의 기도를 한다.

일가친척과 처가 식구에게도 절을 올린다.

영적 부모님인 목사님 부부에게도 절을 올린다.

▲수모는 봉차를 받아 시부모 앞에 놓는다.

▲수모는 우려진 차를 담아온다.

◀신부는 수모에게 차를 받아
시부모님께 차를 올린다.

74

◀시아버지는 신랑 신부에게
성경 말씀으로 축복을 해주고
밤, 대추 대신 성경책을 선물로 준다.

▲시어머니는 축하의 말과 함께 준비한 절값을 신부에게 건넨다.

◀신랑 신부는 부모님께
큰절을 올려 예를 갖춘다.

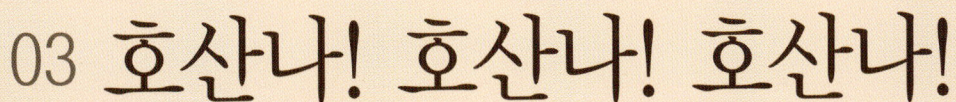

03 호산나! 호산나! 호산나!

┌주의 성령이 내게 임하셨으니 이는 가난한 자에게 복음을 전하게 하시려고
내게 기름을 부으시고 나를 보내사 포로 된 자에게 자유를,
눈 먼 자에게 다시 보게 함을 전파하며 눌린 자를 자유롭게 하고
주의 은혜의 해를 전파하게 하려 하심이라 하였더라┘
- 「누가복음」 4장 18~19절 말씀

장소 : 남양주 온생명교회

팽주 서영희

유리 다도구의 사용

여름 계절에 맞는 아름다운 찻자리인 호산나 행다례의 특색은 각자의 찻상과 상보를 사용하지 않고 공통적인 것을 사용해 모두가 한마음이 되는 것이다. 맛과 멋을 마음껏 나타내기 위해 맑고 투명한 유리그릇을 사용하니 우리의 오관(五官)이 더욱 즐겁게 느껴진다.

좋은 때, 좋은 장소에서 좋은 벗에게 맑고 투명한 작은 유리 찻잔에 정성을 다해 차를 대접해 보자. 마음까지 깨끗해질 것이다. 호산나 행다례에서는 유리 차호 2개에 녹차와 매화꽃, 홍차와 레몬, 녹차와 국화차 등을 사용해 맛은 물론 시각적인 즐거움까지 느낄 수 있게 했다.

무대에서 시연할 때

팽주가 차를 우려서 무대 앞쪽에 내어놓으면 시자들이 무대
가까이로 다가와 차를 공손히 들고 무대 아래에 있는 손님들
에게 대접한다. 호산나 행다례는 장소와 손님을 모시는 형편
에 따라 조금씩 다르게 시연할 수 있다.

나귀 새끼를 예수께로 끌고 와서
자기들의 겉옷을 그 위에 얹어 놓으매
예수께서 타시니 많은 사람들은 자기들의 겉옷을,
또 다른 이들은 들에서 벤 나뭇가지를 길에 펴며
앞에서 가고 뒤에서 따르는 자들이 소리 지르되
호산나 찬송하리로다
주의 이름으로 오시는 이여 찬송하리로다
오는 우리 조상 다윗의 나라여
가장 높은 곳에서 호산나 하더라

- 「마가복음」 11장 7~10절 말씀

2007년 제5회 세계기독교자문화협회 다례 시연 장면

호산나! 호산나! 호산나!

이제 구원하소서.

여인의 후손의 언약이

빛으로 오심이여.

가난한 자에게 복음이

포로된 자에게 자유가

눈먼 자에게 다시 보게 함을

눌린 자에게 자유를

주 은혜의 해를 전파하게 하시는 구원이

오늘 이루어졌도다.

행다 순서

- 음악이 시작되면 공수를 하고
  찻자리 앞으로 나와 모두 함께 평절을 한다.

- 평절을 한 다음 찻자리 앞으로 한 걸음 다가와서
  살며시 찻상 앞에 앉는다.

- 평소에는 각자 찻상보를 걷는데, 행사 때는
  다 같이 오른쪽에서 왼쪽으로 찻상보를 전달하면서 걷는다.

- 양손을 오른쪽 무릎 위에 모으고 인사를 나눈다.

- 다건을 들고 탕관의 끓인 물을 숙우에 붓는다.

- 다관 뚜껑을 열고 숙우에 있는 물을 다관에 붓는다.

- 다시 탕관의 물을 숙우에 부어 차 우릴 물을 식힌다.

- 다관에 예열된 물을 찻잔에 따른다. 이때 안쪽 잔부터 붓는다.

- 다관 뚜껑을 열고 차호의 녹차를 2스푼 정도 다관에 넣는다.
  계절에 따라 차 종류가 다를 수 있다.

- 숙우에 식힌 물을 다관에 붓는다.

- 차가 우려질 동안 찻잔에 있는 물을 퇴수기에 버린다.
  이때 찻잔을 시계 방향으로 천천히 돌린다.

- 팽주 잔에 차를 약간 따라 색을 확인한 후
  안쪽 손님의 잔부터 따른다.

- 매화가 담긴 차호를 가지고 와서 찻잔에 한 잎씩 띄운다.
  차 종류에 따라 레몬, 국화를 사용한다.

- 찻잔을 앞에 놓인 유리 다반에 올리고 시자를 통해
  손님에게 전달한다.

- 팽주는 본인 차를 먼저 맛보고 손님에게 목례하며 차를 권한다.

- 손님이 차를 다 마시면 시자는 팽주에게 빈 찻잔을 가져온다.

- 팽주는 찻잔을 찻상에 올려놓는다.

- 탕관을 들고 숙우에 물을 부어 찻잔에 붓는다.

- 왼손에 다건을 들고 찻잔을 올려서 천천히 돌려가며
  물을 퇴수기에 버린다.

- 찻잔을 왼손 다건에 끼워 3번 돌리며 닦은 후 제자리에 놓는다.

- 찻상보를 덮는다.

- 제자리에서 손을 모아 함께 인사를 한다.

- 모두 자리에서 일어나서 한 발 뒤로 물러나 공수를 하며
  다시 수인사로 끝을 맺는다.

▲다건을 들고 탕관에서 끓인 물을 숙우에 붓는다.

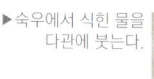

▶숙우에서 식힌 물을
다관에 붓는다.

▲차호의 홍차를 2스푼 정도 다관에 넣는다.

▲주인 잔에 차를 약간 따라 색을 확인한 후 안쪽 손님의 잔부터 차를 고루 따른다.

▲차호에 담긴 레몬을
찻잔에 넣는다.

◀팽주는 본인 차를 먼저 맛보고
손님에게 목례하며 차를 권한다.

▼찻잔을 앞에 놓인 유리 다반에 올리고
시자를 통해 손님에게 전달한다.

▲차를 마신다.

▲찻잔을 왼손 다건에 끼워 세 번 돌리며 닦은 후 제자리에 놓는다.

04 부활 행다

† 예수께서 가라사대 나는 부활이요 생명이니

나를 믿는 자는 죽어도 살겠고 무릇 살아서

나를 믿는 자는 영원히 죽지 아니하리니 이것을 네가 믿느냐 †

- 「요한복음」 11장 25~26절 말씀

장소 : 서울씨티교회　　　　　　　　　　　　　　　　　　　팽주　장관호

사망아 너의 쏘는 것이 어디 있느냐

－「고린도전서」 15장 55절 말씀

선포

공중 권세 잡은 자가 죄악의 올무를 펴고
뭇 인류를 엮어 끌어내리려 하지만
부활하신 예수님이 만왕의 왕, 주가 되셔서
그 권세를 부셔버렸으니 사탄아 너는 패배자이다!

아멘 할렐루야! 할렐루야!
영광의 주님, 구원의 주님을 찬양하라
부활의 주님을 찬양하라.
왕께 만세! 승리하신 왕께 만세!

아름다움

촛불

십자가

목이 긴 유리잔…

부활하는 말리화차!

행다 전 준비

• 중앙 무대에 테이블을 두고 부활의 꽃을 꽂는다.

• 꽃을 중심으로 십자가를 둔다.

• 팽주들은 미리 준비된 찻자리 촛대 앞에서 기도한다.

• 기도가 끝나면 촛대를 중앙 무대의 테이블에 가져다 두고,
   십자가를 들고 제자리로 온다.

• 손님을 향해 인사 드린 후 음악에 따라 시연한다.

행다 순서

- 큰 유리잔을 바로 세운다.

- 차호의 뚜껑을 열어 집게로 말리화차 하나를 잔에 넣는다.

- 집게는 제자리에 두고 차호의 뚜껑을 덮는다.

- 다건을 들어 유리 탕관의 물을 잔에 3분의 2 정도까지 따른다.

- 잠시 기도를 드린다.

- 몸을 조금 숙여 차가 우러나고, 꽃이 피어오르는 순간을 감상한다.

- 다건을 들어 다관의 물을 잔에 조금 더 붓는다.

- 잔을 들고 앞으로 내밀어 손님들에게 보여준다.

- 팽주는 잔을 당겨 차의 맛을 본다. 무릎 위치 정도까지 찻잔을 내렸다가 다시 앞으로 내밀고, 또 당겨서 한 모금 더 마신다.

- 잔을 제자리에 둔다.

- 인사를 드린다.

- 십자가를 들고 일어선다.

- 다시 인사를 드린다.

- 무대에서 퇴장한다.

▲▶차호의 뚜껑을 열어 집게로 말리화차 하나를 잔에 넣는다.

▲다건을 들어 유리 탕관의 물을 잔에 3분의 2 정도까지 따른다.

◀다건을 들어 다관의 물을
잔에 조금 더 붓는다.

◀ 몸을 조금 숙여 차가 우러나고,
말리화차 꽃이 피어오르는 순간을 감상한다

▲ 팽주는 잔을 당겨 차의 맛을 본다.

말리화차로 부활!

97

05 축하 행다

온 땅이여 여호와께 즐거운 찬송을 부를지어다

기쁨으로 여호와를 섬기며 노래하면서 그의 앞에 나아갈지어다

여호와가 우리 하나님이신 줄 너희는 알지어다

그는 우리를 지으신 이요 우리는 그의 것이니 그의 백성이요 그의 기르시는 양이로다

감사함으로 그의 문에 들어가며 찬송함으로 그의 궁정에 들어가서

그에게 감사하며 그의 이름을 송축할지어다

여호와는 선하시니 그의 인자하심이 영원하고 그의 성실하심이 대대에 이르리로다

－「시편」 100편

팽주 이영순

차로 나누는 축하 인사

하나님의 은총을 받아 축하할 일, 축하받을 일이 생겼다면 교인들을 초대해 차를 마시며 서로 기쁨을 나누어보자. "봄날이 바람을 타고 다가오는데 우리 친구들 차 한 잔 마시며 주님의 품안에서 쉬어 보세"라고 초대한다면 누구나 기분 좋은 미소를 지을 것이다.

축하 행다례를 위해 테이블에 밝은 색의 깨끗한 테이블클로스를 넉넉하게 펼치고 투명한 유리 다구를 사용했다. 테이블 양쪽에는 목이 긴 촛대를 놓고 화사한 꽃으로 장식을 했다. 맑고 투명한 유리 찻잔에 냉녹차를 우려 담고, 봄에 딴 매화꽃을 띄웠다. 눈으로 아름다움을 감상하고, 코로 은은한 향기를 마시며, 입으로는 깊은 맛을 느껴보자.

찻잔에 비친 나

-김밝음 목사

입 안의 쓴 물은
단물로 바뀌고
머릿속 잡념들
綠香이 점령하고
회칠한 마음을
옥색으로 물들이니
찻잔에
또 다른 내가 비친다

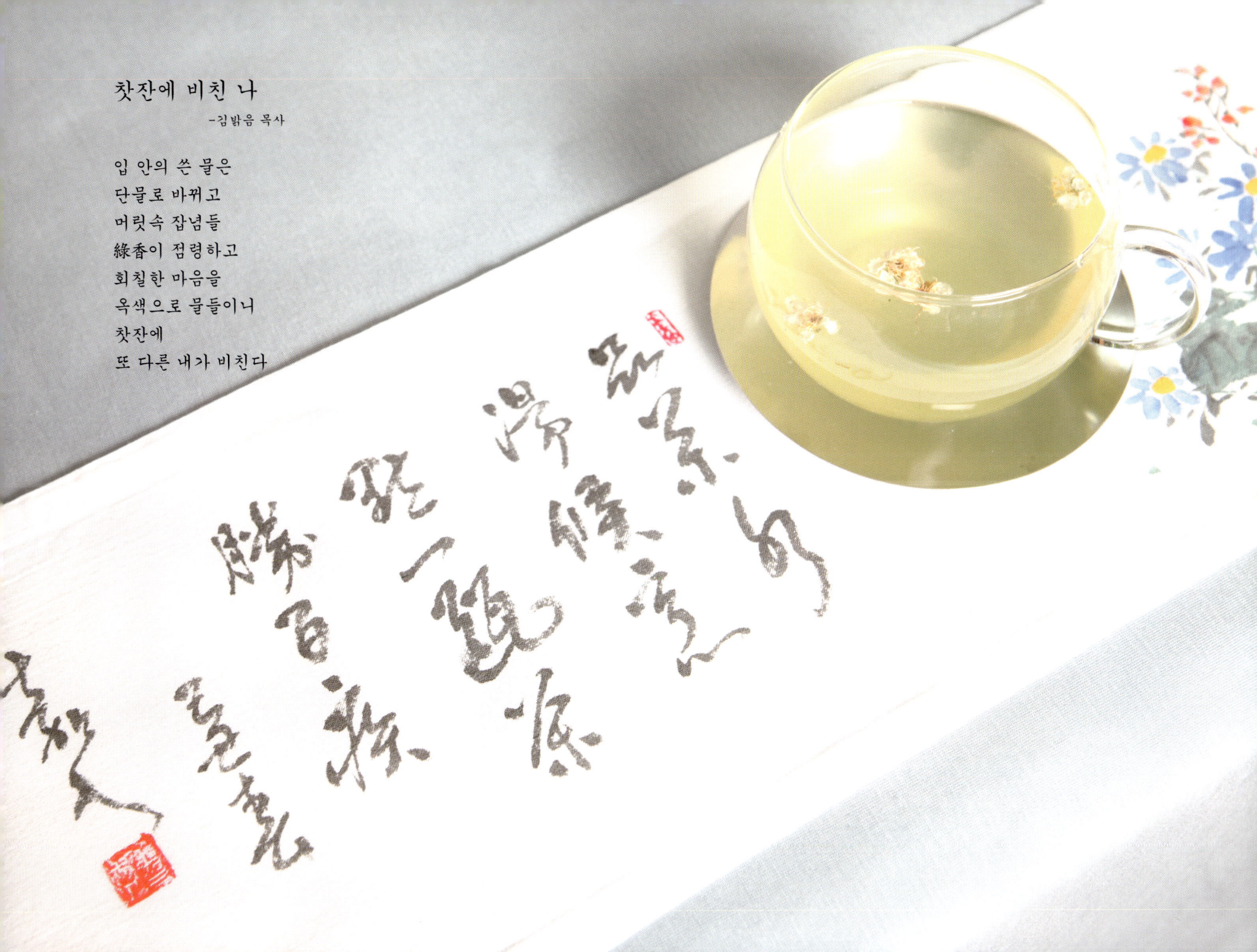

행다 순서

- 찾아온 손님들께 인사를 드린다.

- 유리 다관의 뚜껑을 열어두고, 차호(녹차)를 가져온다.
  차호 뚜껑은 원래 차호 자리에 둔다.

- 차시로 차를 덜어낸다. 손님 수에 따라 찻잎 양을 조절한다.

- 차시를 제자리에 두고 차호 뚜껑을 가져와 덮고 마주 잡는다.

- 큰 주전자(pitcher)의 물을 다관에 붓는다.

- 차가 우러나면 작은 주전자에 두 번 나누어 따른다.

- 작은 주전자에 담긴 차를 왼쪽 끝부터 순서대로 잔에 따른다.

- 매화가 담겨진 차호를 가져와 집게로 찻잔에
  매화를 1~2송이씩 띄운다.

- 손님 앞에 차를 낸다.

- 서로 인사를 나눈 뒤 차를 마신다.

- 차를 마실 때 차탁은 왼손 바닥에 두고
  오른손으로 잔을 들고 마신다.

◀ ▼ 차시로 차를 덜어낸다.

▲ 큰 유리 주전자의 물을 다관에 붓는다.

▲ 차가 우러나면 작은 유리 주전자에 두 번 나누어 따른다.

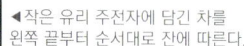

◀ 작은 유리 주전자에 담긴 차를
왼쪽 끝부터 순서대로 잔에 따른다.

▲▼매화가 담겨진 차호를 가져와
집게로 찻잔에 매화를 1~2송이씩 띄운다.

◀손님 앞에 차를 낸다.

차의 향기와
그리스도의 사랑

✝항상 우리를 그리스도 안에서 이기게 하시고

우리로 말미암아 각처에서

그리스도를 아는 냄새를 나타내시는 하나님께 감사하노라✝

– 「고린도후서」 2장 14절 말씀

장소 : 대구 범어교회   팽주 최태자

우리는 구원 받는 자들에게나 망하는 자들에게나 하나님 앞에서
그리스도의 향기니 이 사람에게는 사망으로부터 사망에 이르는 냄새요
저 사람에게는 생명으로부터 생명에 이르는 냄새라 누가 이 일을 감당하리요

- 「고린도후서」 2장 15~16절 말씀

특징

차의 향기와 그리스도의 사랑을 나타내는 행다례를 시연할 때 팔각함을 사용해 이동시 편리함을 추구했다. 또 다례를 시연할 때 전통한복을 입는다는 고정관념에서 탈피하여 흰색 블라우스와 검정색 긴 치마를 착용해 실생활의 다도 현장을 보여주었다. 기품 있는 행다는 보는 사람에게 감동을 안겨준다. 이를 다도의 완성이자 꽃이라고 표현하고 싶다.

너는 그리스도의 향기라

너는 그리스도의 향기라
너는 그리스도의 편지라
하나님 앞에서 그리스도의 향기니
너를 통해 생명이 흘러가리.

너는 그리스도의 향기라
너는 그리스도의 편지라
하나님 앞에서 그리스도의 향기니
너를 통해 사랑이 흘러가리.

너는 그리스도의 향기라
너는 그리스도의 편지라
하나님 앞에서 그리스도의 향기니
너를 통해 기쁨이 흘러가리.

오늘이 그날이었으면 좋겠습니다

오늘이 그날이었으면 좋겠습니다.
사랑하는 이를 위해, 사랑받는 이를 위해
축복하고, 섬기는 찻자리였으면 좋겠습니다.

오늘이 그날이었으면 좋겠습니다.
아픔과 상처가 아물고 마음의 전쟁을 그치고
용서하고 용서받는 찻 자리였으면 좋겠습니다.

오늘이 그 날이었으면 좋겠습니다.
우리네 삶!
새옹지마(塞翁之馬)인 것을,
역지사지(易地思之)로 다시 일어나
어떤 고통도 물러가게 하는 어머니 약손 같은
아름다운 찻자리였으면 좋겠습니다.

한 잔의 차로 그리스도의 사랑을 전합니다.

행다 순서

- 자리에 참석한 분들에게 인사를 한다.

- 함 뚜껑을 열어서 다포 중앙에 둔다.

- 다관, 차호, 잔을 순서대로 꺼낸다.

- 함1은 탕관 뒤에 놓는다.

- 차시, 차탁, 다건, 퇴수기 순서대로 내어둔다.
  이때 다관 뚜껑을 먼저 열어둔다.

- 탕관의 물을 다관에 붓고 잔을 예열한다.
  다관 뚜껑은 계속 열어둔다.

- 차호를 열어 차를 두 번 넣고,
  사용한 차호는 오른손으로 제자리에 둔다.

- 탕관의 물을 다관에 붓는다.

- 차가 우러나는 동안 예열된 잔을 닦고,
  다건을 제자리에 놓는다.

- 다관을 들어 주인 잔에 따른 후 색을 보고

- 순서대로 2번씩 나눠 잔에 따른다.

- 찻잔을 먼저 함2에 넣고, 다관 뚜껑을 열어서 두 번째 찻물을 붓는다.

- 다관 뚜껑을 덮고 함2 안에 넣은 뒤 양손으로 함2를 잡고 일어선다.

- 손님상 앞에 앉아서 인사를 한 후
  다관부터 오른쪽에 놓고 잔을 꺼낸다.

- 팽주가 먼저 차의 맛을 보고 손님에게 권한다.

- 다식을 권한 뒤 두 번째 차를 손님에게 낸다.

- 차를 마신 후 잔과 다관을 거두어서 찻자리에 돌아온다.

- 다관, 잔 순서대로 제자리에 둔다.

- 탕관의 물을 잔에 붓고 설거지를 한다.

- 퇴수기, 다건, 차탁, 차시 순서대로 함2에 넣는다.

- 함1을 올린 후 다관, 차호, 잔을 순서대로 넣고 위 뚜껑을 덮는다.

- 인사를 하고 퇴장한다.

▲함을 들고 들어온다.

▶인사를 나눈다.

▲함 뚜껑을 열어서 다포 중앙에 둔다.

▲다관, 차호, 잔을 순서대로 꺼낸다.

▲함1은 탕관 뒤에 놓는다.

118

▲차호를 열어 차를 두 번 넣는다.

▼다관의 차를 주인 잔에 먼저 따라 색을 보고, 순서대로 2번씩 나눠 잔에 따른다.

▶다관 뚜껑을 덮고 함2 안에 넣은 뒤 양손으로 함2를 잡고 일어선다.

▲손님상 앞에 앉아서 인사를 한 후 다관부터 오른쪽에 놓고 잔을 꺼낸다.

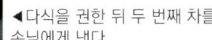

◀다식을 권한 뒤 두 번째 차를 손님에게 낸다.

▶손님과 함께 차를 마신다.

†볼지어다 내가 세상 끝날까지 너희와 항상 함께 있으리라┘

- 「마태복음」 28장 20절 말씀

예배진행 이신복 목사(서울제일성결교회 당회장)　　　팽주 강옥숙

추모예배의 취지

원래 우리 민족은 고조선부터 삼국시대 초, 중기까지 천신(天神)께 제사를 드리던 민족이었지 돌아가신 조상에게 제사하던 민족이 아니었다. 영고(迎鼓), 동맹(東盟), 무천(舞天) 같은 행사는 시월상달에 햇곡식으로 음식을 만들어 하늘에 감사하며 바쳐 드리던 제천(祭天) 행사였다.

이때의 하늘은 막연한 하늘이 아닌 천신(天神)을 가리킨다. 고문서(古文書)에 나타난 하늘의 정의(定義)는 천지만물을 창조하신 창조주 하나님을 의미하는데 그 덕(德)은 크고 모든 것을 감싸며 그 범주 안에 들지 않는 것이 없다고 하여 『성경』 「창세기」에서 말하는 하나님과 같은 존재임을 알 수 있다.

「단군기」를 보면 우리 민족 본래의 신앙은 무속(巫俗)이 아니었고 하나님을 섬기는 '제천신앙'이었음을 다음과 같이 서술한다.

하나님을 섬기는 신앙이 사라지고 이제는 귀신과 제석(帝釋)을 숭상하는 풍습이 성행하여… 매년 시월이 되면 햇곡식으로 떡을 쪄서 귀신에게 드리고 복 받기를 빈다. 제사는 원래 하나님을 섬기던 선조들로부터 온 것인데 이제 하나님이 아닌 귀신을 섬기고 부귀와 장수를 무당과 박수에게 부탁하니 옛 풍속의 찌꺼기로 커다란 폐단이다…

불교는 인도적이요 유교는 중국적이며 사실은 기독교가 한국적인 것이다. 우리 민족은 잃어버린 하나님 신앙을 다시 찾고, 하나님께 제사하며 하나님께 예배하여 하나님을 섬기던 원래 신앙으로 돌아와야 한다.

이제는 부모님이나 조상들이 돌아가신 날에 귀신이 되어 찾아와 차려놓은 술을 마시고 음식을 먹는다는 잘못된 생각을 버려야 한다. 조상들을 주신 하나님께 감사드리고, 조상들의 사랑과 덕을 기리며 가문의 아름다운 전통을 이어가기 위해 형제자매와 일가친척 친지들이 모여 추모(追慕)예배를 드리는 것이 온당하다. 더 이상 돌아가신 분들을 귀신이라고 하여 욕되게 하시 말고, 모두가 하나님 앞에 모여 찬송하고, 기도드리고, 성경 말씀을 읽고, 감사하며 기뻐하는 추모예배를 드리자.

인류역사(人類歷史) 흥망성쇠(興亡盛衰), 인간의 생사화복(生死禍福)을 홀로 주장하시는 만유(萬有)의 대주재(大主宰)가 되시는 분이 바로 하나님이다. 천지만물을 창조하시고 조상을 통하여 우리 생명을 내신 하나님을 섬기면 만복(萬福)의 근원되신 하나님께서 복을 내려주신다. 우리와 우리 자손, 우리 가문(家門)이 하나님을 잘 섬겨 천대(千代)까지 내려주시는 복(福)을 받아 누리자.

나를 사랑하고 내 계명을 지키는 자에게는
천대(千代)까지 은혜를 베푸시느니라

- 「출애굽기」 20장 6절 말씀

추모예배 행다 배경

기독교 신앙은 부활 신앙이다. 죽음은 끝이 아닌 영원한 삶의 시작점이 된다. 죽음 이후에는 부활과 영생이 있고, 영원한 집이 있다. 돌아가신 분들에 대한 추모의 마음을 예배와 행다례로 나타내보자. 이때 찻자리에서 조금 떨어진 장소에서 예배를 드려야 한다.

다도구 특징

대다완, 긴 차선, 나눔잔을 사용한다. 단, 인도자 다완과 팽주 다완은 구별이 가능한 것으로 준비한다. 추모예배에 참석한 사람들을 위해 다식을 넉넉하게 준비한다.

추모예배 순서

<고 ○○○의 ○주기 추모예배 순서>

개식사	…………………………………	집례자
묵도	…………………………………	다같이
찬송	………… 460장 …………	다같이
기도	…………………………………	맡은이

성경봉독 : 「누가복음」 16장 19~26절

설교	…………………………………	맡은이
찬송	………… 456상 …………	다같이
주기도문	…………………………………	다같이

추모예배는 조상을 추모하고, 지금까지 우리의 가정을 지키시고 인도하신 하나님께 감사의 예배를 드리는 것이다. 가족공동체의 신앙과 사랑의 결속을 위한 계기로 삼는다. 음식을 장만하여 예배가 마친 후 가족과 함께 사랑의 교제를 나누자. 추모예배는 하나님께 예배 드리는 것이므로 죽은 조상에 대해 추모하는 마음은 갖되, 절은 하지 않는다.

한 부자가 있어 자색 옷과 고운 베옷을 입고 날마다 호화로이 연락하는데 나사로라 이름한 한 거지가 헌데를 앓으며 그 부자의 대문에 누워 부자의 상에서 떨어지는 것으로 배불리려 하매 심지어 개들이 와서 그 헌데를 핥더라. 이에 그 거지가 죽어 천사들에게 받들려 아브라함의 품에 들어가고 부자도 죽어 장사되매 저가 음부에서 고통 중에 눈을 들어 멀리 아브라함과 그의 품에 있는 나사로를 보고 불러 가로되 아버지 아브라함이여 나를 긍휼히 여기사 나사로를 보내어 그 손가락 끝에 물을 찍어 내 혀를 서늘하게 하소서 내가 이 불꽃 가운데서 고민하나이다. 아브라함이 가로되 애 너는 살았을 때에 네 좋은 것을 받았고 나사로는 고난을 받았으니 이것을 기억하라. 이제 저는 여기서 위로를 받고 너는 고민을 받느니라. 이뿐 아니라 너희와 우리 사이에 큰 구렁이 끼어 있어 여기서 너희에게 건너가고자 하되 할 수 없고 거기서 우리에게 건너 올 수도 없게 하였느니라.

행다 순서

- 추모예배에 참석한 분들께 인사를 드린다.

- 다건을 들어 탕관의 물을 대다완에 붓는다.

- 차선을 가져와 씻는다.

- 다건을 들고 대다완을 천천히 한 바퀴 돌려 인도자의 다완에 붓는다.

- 인도자 다완을 들어 시계 방향으로 한 바퀴 돌려 퇴수기에 물을 버리고 닦는다.

- 대다완을 닦는다.

- 차호를 가져와 뚜껑을 다건 위에 놓고 차시로 가루차를 세 번 덜어낸다.

- 왼손으로 차호를 제자리에 둔다.

- 탕관의 물을 대다완에 붓고 차선으로 곱게 푼다. 왼쪽에서 오른쪽으로 가는 것은 '예수'의 의미를, 위에서 아래로 가는 것은 '그리스도'를, 한 바퀴 돌리는 것은 세계복음화를 의미한다. 격불은 갈팡질팡하지 말고 복음을 전하라는 의미를 가진다.

- 인도자의 다완에 먼저 차를 따른다.

- 다식을 권한다.

- 대다완을 돌려서 손님에게 건네면 손님들은 차의 양을 조절하면서 자신의 잔에 따르고 옆 사람에게 건넨다.

- 백탕기 뚜껑을 열고 탕관의 물을 왼쪽부터 붓는다. 이때 손님은 다식그릇을 돌려가며 다식을 덜어낸다.

- 팽주의 나눔잔을 중앙으로 옮겨두고 백탕기를 손님께 내어드린다.

▲다건을 들어 탕관의 물을 대다완에 붓는다.

▲탕관의 물을 대다완에 붓고 차선으로 곱게 푼다.

▲대다완의 차를 찻잔에 따르고 옆 사람에게 건넨다.

▲백탕기 뚜껑을 열고 탕관의 물을 왼쪽부터 붓는다.

▲손님은 다식을 덜고 옆사람에게 다식그릇을 돌린다.

▶▼고인을 추모하면서 차를 마신다.

◀백탕기 물을 나눔잔에 부어
헹구어 마신다.

08 구역예배 행다

✝예수께서 가라사대 네 마음을 다하고 목숨을 다하고 뜻을 다하여

주 너의 하나님을 사랑하라 하셨으니 이것이 크고 첫째 되는 계명이요

둘째는 그와 같으니 네 이웃을 네 몸과 같이 사랑하라 하셨으니

이 두 계명이 온 율법과 선지자의 강령이니라┘

– 「마태복음」 22장 37~39절 말씀

팽주 한은숙, 김옥진, 전영희, 이상숙

구역예배 행다 취지

그리스도인이라면 네 이웃을 네 몸과 같이 사랑하라는 하나님 말씀을 항상 가슴에 품고 살아야 한다. 구역 식구들을 초대해 정성과 예를 갖춘 따뜻한 차 한 잔을 대접해 보자. 구역예배에 참석한 사람들과의 교제 시간은 곧 임재하신 하나님과 함께한 교제 시간과도 같다.

135

구역예배 행다례

첫 번째 차를 통해 은은한 차의 색을 감상하자. 하나님께서 허락하시는 자연의 포근함을 느낄 수 있다. 두 번째 차의 아름다운 향기를 맡으며 우리 그리스도인들이 세상 속에서 어떤 존재가 되어야 할지 고민해 보자. 세 번째 차를 맛보며 그윽한 뒷맛을 느껴보자. 그리스도인이 갖춰야 할 품성이 무엇인지 시사해 준다.

성령 충만하여 모이기를 힘쓰라

날마다 마음을 같이하여 성전에 모이기를 힘쓰고 집에서 떡을 떼며

기쁨과 순전한 마음으로 음식을 먹고 하나님을 찬미하며 또 온 백성에게 칭송을 받으니

주께서 구원 받는 사람을 날마다 더하게 하시니라

— 「사도행전」 2장 46~7절 말씀

행다 순서

- 평절을 올린 후 일어서서 반절을 한다.

- 묵상기도를 드린다.

- 찬송가 404장 1절을 부른다.

- 서로 목례하고 다포를 걷어 오른쪽에 둔다.

- 다관 뚜껑을 열고 다건을 들어 탕관의 물을 다관에 붓는다.

- 다건을 놓고 다관의 물을 찻사발에 옮겨 붓는다.

- 다건을 바로 들고 예열된 찻잔에 물을 버린다.

- 다시 탕수를 찻잔에 붓고 다관 뚜껑을 연다.

- 오른손으로 차호를 가져와 다관에 녹차를 넣는다.

- 왼손으로 차호를 제자리에 가져다 놓고 찻잔의 물을 다관에 붓는다.

- 차가 우러날 동안 차를 주신 하나님께 감사기도를 드린다.

- 찻물이 우러나면 주인 잔에 먼저 따라 색을 확인한 후 찻잔에 골고루 따른다.

- 손님께 차를 드린 후 서로 인사를 나눈다.

- 차를 받은 손님은 주인이 맛을 보고 권할 때까지 기다리다가 주인이 권하면 목례로 인사하고 마신다.

- 차를 다 마신 손님은 주인을 향해 잔을 밀어준다.

- 주인은 두 번째 차를 준비한다. 나관 뚜껑을 열고, 다건을 들어 탕관의 물을 붓고 뚜껑을 닫는다.

- 두 번째 차가 우러나는 동안 「시편」 100편을 봉독한다.

- 손님이 내밀어 놓은 찻잔에 두 번째 우린 찻물을 따른다.

- 차를 다 마신 후 손님과 인사를 마치고 찻잔을 거둔다.

- 찻잔을 제자리에 놓고 물을 부어 찻잔을 닦는다. 다 닦으면 상보를 무릎 위에 펼쳐 조심스레 덮는다.

▼찬송가 404장 1절을 부른다.

▲성경을 들고 인사한다.

▲찻상보를 걷는다.

▲찻상보를 접는다.

▶오른손으로
차호를 가져온다.

▲다관에 녹차를 넣는다.

▲ 숙우 대용인 찻잔의 물을 다관에 붓는다.

▲ 차가 우러날 동안 차를 주신 하나님께 감사기도를 드린다.

▲ 찻물이 우러나면 주인 잔에 먼저 따라 색을 확인한 후 찻잔에 골고루 따른다.

▲ 차를 마신다.

09 차 한 잔으로 세계복음화

✝ 예수께서 나아와 일러 가라사대 하늘과 땅의 모든 권세를 내게 주셨으니

그러므로 너희는 가서 모든 족속으로 제자를 삼아 아버지와 아들과 성령의

이름으로 세례를 주고 내가 너희에게 분부한 모든 것을 가르쳐 지키게 하라

볼찌어다 내가 세상 끝날까지 너희와 항상 함께 있으리라 하시니라 ✝

– 「마태복음」 28장 18~20절 말씀

장소 : 모란미술관

팽주 신필향

차 한 잔으로 세계복음화

가식과 사치가 자라나고, 거짓과 타락으로 세상이 물들어가는 오늘날, 음주 문화는 인간의 삶 속 깊이 파고들어 왜곡된 영향력을 발휘하고 있다. 건강을 해치고, 올바른 판단을 내리지 못하게 하며, 사건 사고와 재난을 일으키기도 한다. 그 모습을 보고 자라난 아이들은 미처 해악을 깨닫지도 못한 채 음주 문화를 받아들이고, 똑같은 일을 반복한다. 마치 골리앗처럼 커져버린 그릇된 음주 문화 앞에 다윗으로 나선 우리는 '다도'를 던져보고자 한다. 조용히 자신을 돌아보고, 남을 배려하고, 사랑을 가르치고, 지식을 전달하는 다도…. 어지러운 세상에 고아한 차 향기를 선물하고, 깊은 삶의 향기가 묻어나오게 하려 한다. 예수님의 아름다운 향기가 온 세상을 가득 채우기를 간절히 바라며 행다례로 세계복음화에 앞장서려 한다.

세계기독교차문화협회 종교적 색채를 지닌 문화단체가 아닌, 오직 복음만을 위하여 '차'라는 도구를 가지고 세계로 나아가는 세계기독교차문화협회.

행다에 참여한 사람들

인종, 국적, 성별을 초월한 사람들이 그리스도의 사랑을 전하기 위해 모였다.

각자가 준비한 찻자리 도구를 사용해 형식에 구애받지 않은 행다를 진행했다.

10 빛과 소금

<blockquote>
일어나 빛을 발하라

이는 네 빛이 이르렀고

여호와의 영광이 네 위에 임하였음이라

— 「이사야」 60장 1절 말씀
</blockquote>

팽주 김민주

행다례의 취지

하나님의 빛을 받은 자녀들이 이 땅에 차 문화를 통하여
빛과 소금의 역할을 할 수 있도록 허락하신 하나님께 감사
한 마음을 행다례로 표현했다.

행다례의 적용

빛과 소금 행다는 말씀과 찬양 기도가 함께하는 행다례다.
태신자나 구역 식구들을 초청해 큰 다지를 찻상으로 활용
하면서 자연스럽게 차를 낸다.

행다례의 목적

길을 잃고 헤매는 목자의 어린 양들과 주 예수를 믿지 않
고 부인하는 어리석은 무리들에게 주님을 알리고 차의 향
기로 육체와 영혼을 달래는 데 의의가 있다.

행다 순서

- 음악에 맞추어 입장해 목례를 한다.

- 찻자리에 앉아서 손님과 함께 인사를 나눈다.

- 묵상기도를 드린다.

- 찬송가 404장 1절을 부른다.

- 오른손으로 찻상보의 끈을 잡고, 왼손으로 찻상보를 접는다.

- 다건을 들고 탕관의 물을 숙우에 붓는다.

- 다관 뚜껑을 열고 숙우의 물을 다관에 부어 예온한다.

- 탕관의 물을 숙우에 붓는다.

- 예온된 다관을 들어 오른쪽 잔부터 차례대로 물을 붓는다.

- 다관 뚜껑은 열어두고, 오른손으로 차호를 가져와
  차를 세 번 덜어낸다.

- 다건을 들고 숙우의 물을 다관에 붓는다.

- 차가 우러나는 동안 예온된 찻잔의 물을 다지 앞쪽에
  순서대로 버린다. 이때 세 번째 잔부터는 왼쪽으로 둔다.

- 다관의 차가 우러나면 팽주의 잔에 조금 따른 후 색을 본다.

- 순서대로 차를 따른다.

- 팽주는 오른쪽 손님부터 차를 낸다.

- 팽주는 색, 향, 미를 확인하고 손님께 차를 권한다.

- 팽주는 다건을 들어 탕관의 물을 다관에 부어 두 번째 차를 우린다.

- 차가 우러나는 동안 「시편」 100편을 읽는다.

- 우러난 차를 두 번에 나누어 숙우에 따르고 손님에게 낸다.

- 다식을 권하고 차를 마신다.

- 숙우를 거둔다.

- 팽주의 찻잔을 다지 위에 올린다.

- 손님들의 찻잔을 순서대로 거둬들인다.

- 다건을 들어 탕관의 물을 숙우에 붓는다.

- 숙우의 물을 잔에 순서대로 붓는다.

- 다건을 돌려 잡고 첫 번째 잔을 가져와 천천히 한 바퀴를
  돌린 다음 다지에 물을 버리고 잔을 닦는다.

- 나머지 잔도 동일한 방법으로 닦는다.

- 다건을 내려놓고 찻상보를 가져와 덮고 인사한다.

▲ 목례를 한다.

▲ 묵상기도를 드린다.

▲ 다건을 들고 탕관의 물을 숙우에 붓는다.

▲ 예온된 다관을 들어 오른쪽 잔부터 차례대로 물을 붓는다.

▲ 숙우의 물을 다관에 붓는다.

158

▲ 팽주는 오른쪽 손님부터 차를 낸다.

▲ 숙우의 물을 잔에 순서대로 보는다.

▲ 잔을 천천히 한 바퀴 돌린 나음 나시에 불을 버린나.

◀ 우러난 차를 두 번에 나누어
숙우에 따르고 손님에게 낸다.

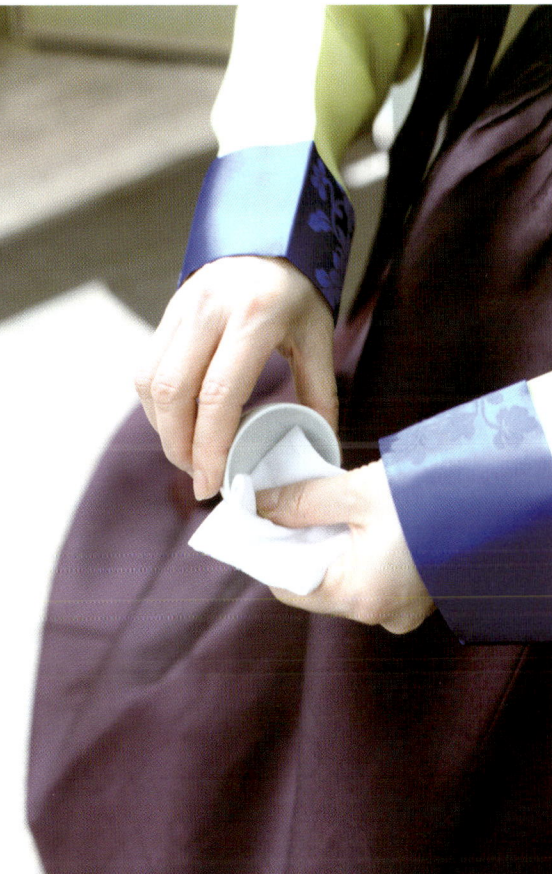

▲ 다건으로 잔을 닦는다.

159

11 추수감사절

2002년 제2회 세계기독교차문화협회 다례 시연 장면

너희가 토지 소산 거두기를 마치거든 칠월 십오일부터 칠일 동안

여호와의 절기를 지키되 첫날에도 안식하고 제 팔일에도 안식할 것이요

첫날에는 너희가 아름다운 나무 실과와 종려 가지와 무성한 가지와 시내 버들을 취하여

너희 하나님 여호와 앞에서 칠일동안 즐거워 할 것이라

- 「레위기」 23장 39~40절 말씀

추수감사 행다법이란?

하나님은 사람의 체질을 아시고 감정을 아시고 무엇이 필요한지를 아시는 분이다. 인생의 희
로애락(喜怒哀樂)을 감내하며 사는 우리는 일 년 동안의 결실을 확인하는 추수를 통해 수확의
기쁨과 참된 안식을 깨달을 수 있다. 수확의 기쁨 속에 정성껏 준비한 예물을 하나님께 드리
고, 다 함께 모여 차를 나눠 마시고, 떡을 떼며 아름다운 교제를 나눌 때, 모든 생물의 소원을
만족케 하시는 하나님의 손으로 우리 위에 덮어주실 것이다.

이 세상을 창조하셔서 열매를 맺게 하신 자를 송축하나이다.

우리의 울타리를 평안케 하시고 아름다운 곡식으로 배부르게 하시는 분을 찬양하나이다.

이 한해 내가 받은 축복이 너무 커서 나의 정성을 주께 드리나이다.

때를 따라 은혜를 베푸시는 주의 인자하심으로 채워주소서.

주께서 지으신 모든 것이 주께 감사드리니 주의 성도가 주를 송축하리이다.

아멘.

행다 순서

• 제단 위에 촛불과 꽃, 여러 가지 과일과 곡식 등을 차려놓는다.

• 시연자들은 모두 볏단을 들어 제단 앞에 놓인 항아리에 꽂은 다음 제단 앞에 앉는다.

• 무릎을 꿇고 기도한 후 찻자리 앞으로 나와서 말차 시연을 한다.

2004년 제3회 세계기독교차문화협회 다례 시연 장면

12 성탄절

† 천사가 이르되 무서워하지 말라

보라 내가 온 백성에게 미칠 큰 기쁨의 좋은 소식을 너희에게 전하노라

오늘 다윗의 동네에 너희를 위하여 구주가 나셨으니 곧 그리스도 주시니라 ┘

– 「누가복음」 2장 10~11절 말씀

내 영혼이 주를 찬양하며

내 마음이 하나님 내 구주를 기뻐하였음은

그 계집종의 비천함을 돌아보셨음이라.

이제 후로는 만세에 나를 복이 있다 일컬으리로다.

능하신 이가 큰일을 내게 행하셨으니 그 이름이 거룩하시며

긍휼하심이 두려워하는 자에게 대대로 이르는도다.

그의 팔로 힘을 보이사 마음의 생각이 교만한 자들을 흩으셨고

권세 있는 자를 그 위에서 내리치셨으며

비천한자를 높이셨고,

주리는 자는 좋은 것으로 배불리셨으며

부자는 공수로 보내셨도다.

송가를 부르는 여인의 고백 속에
예언자의 언약이 성취되었고
천군천사의 찬송이 하늘과 땅에 넘쳤다.
동방의 하늘에 새로운 별빛 따라
박사들은 빠르게 걸음을 옮겼다.
유대 땅 베들레헴 작은 고을에
세상 죄를 지고 가는 어린양 예수가 탄생하셨다.
예언된 약속이 이루어졌다.

유대 땅 베들레헴아
너는 유대 고을 중에 가장 작지 아니하도다.
네게서 다스리는 자가 나와서
내 백성 이스라엘의 목자가 되리라.

참된 빛 곧 세상에 와서
각 사람에게 비취는 빛이 되나니
어두움을 향한 하늘의 외침이었다.

캄캄함에 갇힌 자, 눌린 자,

모든 것을 빼앗긴 채 절름발이 걸음으로 탄식하는 자.

길 잃고 헤매는 무리들에게

은혜의 해를 선포하시려 빛으로 오신 주.

빛을 받은 자녀들이여 일어나 빛을 발하라.

이는 네 빛이 이르렀고

여호와의 영광이 네 위에 임하였음이라.

너의 성벽 위에 파수꾼을 세우고

종일종야에 잠잠치 않게 쉬지 말도록 하라.

2000년 제1회 세계기독교차문화협회 다례 시연 장면

13 예수님과 열두 제자

그들이 먹을 때에 예수께서 떡을 가지사 축복하시고 떼어 제자들에게 주시며 이르시되

받으라 이것은 내 몸이니라 하시고 또 잔을 가지사 감사기도 하시고 그들에게 주시니

다 이를 마시매 이르시되 이것은 많은 사람을 위하여 흘리는 나의 피 곧 언약의 피니라

– 「마가복음」 14장 22~24절 말씀

말씀

예수님께서 3년 동안 삶을 함께하며 잡히기 전날 밤까지도 제자들에게 주고자 했던 것은 과연 무엇이었을까?

"받으라. 이것이 내 몸이니…." 그것은 많은 사람들을 위하여 흘리는 주 예수 그리스도의 피, 곧 언약의 나라, 바로 그 자신이었다.

인생 모든 문제의 해결사   참 생명   참 능력   참 예수 그리스도

예수님의 당부

예수께서 열두 제자에게 당부하신 말씀은 다음과 같다.

그들의 발을 씻으신 후에 옷을 입으시고 다시 앉아
그들에게 이르시되 내가 너희에게 행한 것을 너희가 아느냐

－「요한복음」 13장 12절 말씀

새 계명을 너희에게 주노니 서로 사랑하라.
내가 너희를 사랑한 것 같이 너희도 서로 사랑하라

－「요한복음」 13장 34절 말씀

사용하는 다구

예수님께 올리는 다구는 별도로 준비하여 세팅한다. 열두 제자의 다구로 테이블 위에 각각 다완, 차선, 백탕기, 차시를 준비한다. 예수님 역할을 담당하는 시연자는 중앙 테이블 앞에 탕관만 준비해 둔다.

행다 순서

- 이 행다례는 예수님 역할을 맡은 시연자와 열두 제자 역할을 맡은 사람, 총 열세 명이 등장한다.

- 열두 제자 가운데 팽주 한 명이 먼저 차를 우려 예수님께 올린다.

- 열두 제자는 테이블 위에 마련된 말차 도구를 사용해 가루차를 다완에 넣는다.

- 예수님 역할의 시연자는 탕관을 들어 열두 제자 다완에 물을 따른다.

- 열두 제자는 각자 차선으로 가루차를 풀고, 마시기 전에 예수님 역할 시연자를 향해 목례한다.

- 차를 마신다.

제3장 일양(一羊) 행다법

14 中正 다례

"중정(中正)이란 어느 쪽으로 치우치지 않고 바른 상태를 뜻한다. 초의 선사의 『동다송(東茶頌)』에 이런 내용이 분명하게 나와 있다. 차와 물의 양 관계에서 탕관을 청량하게 하며, 우리는 시간 조절을 알맞게 함은 '중(中)'을 넘치지 않음이며 '정(正)'을 잃지 않음을 뜻한다. 중정을 넘지 않으면 '건(健)'과 '영(靈)'이 아우러진다. 이것이 바로 한국 다도의 기본 정신이다."

팽주 박천현

176

한국의 다도 정신

동북아시아에 나란히 위치한 중국, 한국, 일본은 각기 고유한 역사와 문화를 간직하면서도 서로의 영향을 받아 동화·융합된 면도 보여주고 있다. 역사, 문화는 물질적인 영역이 아닌 정신적인 영역이기 때문이다. 차 문화도 이와 마찬가지다. 서로에게 영향을 받으며 닮은꼴로 발전한 부분도 있지만 고유의 성격 또한 지켜지고 있다.

일반적으로 한국의 다도 정신은 '중정(中正)'으로 정의하고, 중국은 육우의 『다경』에서 꼽은 '정(正)·행(行)·검(儉)·덕(德)'을, 일본은 '화(和)·경(敬)·청(淸)·적(寂)'을 다도 정신으로 꼽는다. 중국과 일본의 다도 정신은 형이상학적이고 정신적인 세계를 언급한 반면 한국의 다도 정신인 중정은 과학적이고 실용적이며 사실적인 내용들로, 쉽게 이해하고 실천할 수 있는 것들이다.

그렇다면 중정은 무엇을 의미하는가? 중정이란 어느 쪽으로 치우치지 않고 바른 상태를 뜻한다. 초의 선사의 『동다송(東茶頌)』에 이런 내용이 분명하게 나와 있다. 차와 물의 양 관계에서 탕관을 청량하게 하며, 우리는 시간 조절을 알맞게 함은 '중(中)'을 넘치지 않음이며 '정(正)'을 잃지 않음을 뜻한다. 중정을 넘지 않으면 '건(健)'과 '영(靈)'이 아우러진다. 이것이 바로 한국 다도의 기본 정신이다.

일양 중정 다법의 취지

조선시대 선비들은 군자와 같은 차의 성품을 사랑하여 심신 수양과 친
교의 수단으로 차를 애용했다. 기독교인들은 대쪽 같은 선비 정신을
계승하고 전통 예절 문화를 계승하는 동시에 차 문화의 새로운 창조
를 목표로 삼아야 한다. 치우치지 않고 바르고 올바른 중정다례(中正
茶禮)로 차 생활을 영위하며 의(義)를 지키고 예(禮)를 숭상한다면 차를
좋아하고 즐겼던 선조들의 충절과 절개가 한국 고유의 가치가 아닌 전
세계 인류의 필수 덕목으로 퍼져 나갈 것이다.

중정 다법의 특징

다신계 그림의 근거로 남성은 양반다리를 하고 앉는다.
팽주와 손님이 서로 협조하여 차를 나눈다.

다도구

현대 차 생활에 맞게 다구를 준비하며 최대 열다섯 명까지 동시에 차를 즐길 수 있다. 초대 받은 손님 외에 여유분의 나눔잔을 준비하여 뜻밖의 손님이 와도 차를 낼 수 있도록 한다. 팽주가 다건 외에도 손을 닦는 수세 다건을 다도구 준비에 포함한 깃도 재미있다.

행다 순서

- 찻자리를 찾아준 분들께 인사를 올린다.

- 차선통 뚜껑을 열어서 옆에 두고, 차선을 꺼내어 차선꽂이에 둔다.

- 차선통을 제자리에 둔다.

- 퇴수기 안에 나눔잔을 한 개씩 넣는다.

- 탕관의 물을 퇴수기에 붓는다.

- 퇴수기 안의 잔을 들어 살짝 돌린 후 물을 버리고,
  왼손 바닥에 잔을 두고 오른손의 다건으로 잔을 닦는다.

- 깨끗해진 잔을 차탁에 올려 손님 앞에 드리면 손님은 잔을 옮겨준다.

- 나머지 잔도 동일한 방법으로 닦아 손님에게 드리는데
  마지막 잔은 팽주의 잔이다.

- 팽주는 수세 다건을 사용해 손을 닦는다.

- 퇴수기를 탕관 뒤로 옮기고 대다완을 팽주 앞 중앙으로 옮긴다.

- 팽주는 자신의 잔과 차탁을 옆으로 옮긴다.

- 탕관의 물을 대다완에 붓고 차선을 가져와서
  좌우, 상하, 시계 방향의 순서로 씻고 제자리에 둔다.

- 대다완의 물을 버리고 다건으로 닦는다.
  이때 왼쪽, 오른쪽에서 닦은 뒤 중앙에서 아래위로 닦는다.

- 차호 뚜껑을 상 위 끝에 두고 차호를 가져와 차를 세 번 덜어낸다.

- 차시를 두면서 차호 뚜껑을 덮고, 차호는 원래 위치에 둔다.

- 탕관의 물을 대다완에 붓고 차선을 가져와 50회 정도 격불한다. 10회 정도 큰 거품을 다스리고 5번 정도 감는 느낌으로 마무리한다.

- 팽주는 왼쪽 방향의 손님께 차를 드리고 인사를 한다.

- 손님은 차례대로 대다완을 돌려가면서 각자의 잔에 차를 따른다. 모든 사람에게 차가 돌아가도록 차의 양을 조절하면서 따른다.

- 탕관의 물을 백탕기에 부어 손님에게 드린다.

- 팽주는 자신의 잔을 왼쪽으로 옮겨둔다.

- 대다완이 돌아오면 팽주는 자기 잔에 차를 따른다.

- 다식을 권하고, 차를 마시며 다담을 나눈다.

- 차를 다 마시면 팽주는 자신의 잔과 차탁을 오른쪽으로 옮긴다.

- 백탕기를 거둬들여 원래 위치에 둔다.

- 팽주 잔을 먼저 대다완에 넣고, 차탁은 원 위치에 둔다. 손님 잔과 차탁도 마찬가지의 방법으로 옮긴다.

- 탕관의 물을 대다완에 붓고 위쪽에 담겨진 찻잔부터 씻는다.

- 왼손바닥에 잔을 올리고 오른손으로 다건을 집는다. 왼손으로 잔의 굽을 잡고 세 번 돌려 닦은 뒤 가운데를 닦아서 원래 위치에 잔을 둔다.

- 잔을 다 닦으면 사용한 다건은 상 아래로 내려둔다.

- 수세 다건을 사용해 수세한다.

- 다건을 들고 대다완의 물을 천천히 돌린 후 퇴수기에 버린다.

- 다건을 잡은 상태로 탕관의 물을 대다완에 따른 후 다건을 내려놓고 차선을 가져와 씻어서 제자리에 둔다.

- 대다완의 물을 천천히 돌려서 버리고 왼쪽에서 오른쪽으로, 아래 위 중앙 순서로 닦아서 원 위치에 둔다.

- 다건의 방향을 바꾸어 차시를 닦고, 제자리에 둔 뒤 다건을 상 아래로 내린다.

- 차선통을 가져와 차선을 넣은 후 뚜껑을 닫는다.

▲ 차선통을 제자리에 둔다.

▲ 퇴수기 안에 나눔잔을 한 개씩 넣는다.

▲ 탕관의 물을 퇴수기에 붓는다.

▲ 잔을 들어 살짝 돌린 후 물을 버리고, 다건으로 잔을 닦는다.

▲ 차호를 가져와 차를 세 번 덜어낸다.

▲ 탕관의 물을 대다완에 붓는다.

182

▲ 차선으로 50회 정도 격불한다.

◀ 탕관의 물을 백탕기에 붓는다.

▶ 차를 마신다.

▲ 탕관의 물을 내나완에 붓고 찻산을 씻는다.

183

15 접빈 말차 다례

"국가의 큰 문화 행사를 찾은 손님이나 외교사절로 우리나라를 방문한 분들에게 현대 생활에 맞는 말차 접빈 다례를 펼쳐보자. 예의와 격식을 갖춘 진다례에 손님들은 최상의 예우를 받았다고 느끼며 돌아갈 것이다. 실생활에서도 얼마든지 활용할 수 있다. 부모님 회갑연, 고희연 등의 자리에서 손님들에게 술 대신 차로 접빈 진다례를 한다면 손님들은 극진한 대접에 만족해할 것이다."

팽주 이정아

접빈 다례의 활용

태조 때부터 순종 때까지의(1392~1910) 궁중 역사 기록인 『조선 왕조실록』에 다례(茶禮)라는 말이 처음 나온다. 그 뜻은 예절을 갖춰 손님을 맞이하여 차를 대접하는 것이다. 『조선왕조실록』에는 다례라는 용어가 총 570회 정도 나오며 그 내용을 분석해 보면 손님을 맞아 차를 대접하는 접빈 다례로, 다례를 주재하는 사람이 누구냐에 따라 둘로 나누어 볼 수 있다. 헌다례는 돌아가신 조상에게 차를 올리는 의식이고, 진다례(進茶禮)는 생존해 있는 어른을 모시고 정성과 마음을 다하여 차를 대접하는

것이다.

국가의 큰 문화 행사를 찾은 손님이나 외교사절로 우리나라를 방문한 분들에게 현대 생활에 맞는 말차 접빈 다례를 펼쳐보자. 예의와 격식을 갖춘 진다례에 손님들은 최상의 예우를 받았다고 느끼며 돌아갈 것이다. 실생활에서도 얼마든지 활용할 수 있다. 부모님 회갑연, 고희연 등의 자리에서 손님들에게 술 대신 차로 접빈 진다례를 한다면 손님들은 극진한 대접에 만족 해할 것이다.

다도구의 준비

화로와 솥단지, 청수기, 대다완 등 최대한
전통적인 다도구를 준비한다.

손님상의 특징

손님상은 차를 내는 곳과 거리를 둔 곳에
배치해 시자의 도움을 받는다.

행다 순서

- 팽주와 시자는 손님을 향해 인사한 후 서로 목례한다.

- 팽주와 시자는 함께 앞에 놓인 찻상보를 걷는다.

- 차솥 뚜껑을 먼저 열고 물항아리 뚜껑도 열어놓는다.

- 차솥에 끓는 탕수를 큰 표자로 2번 정도 섞으면서 저어준 뒤
  탕수를 1번 떠서 큰 찻사발에 부이놓는다.

- 탕수를 다시 떠서 나눔잔 3잔에 골고루 나누어 붓는다.

- 팽주는 다건을 들고 나눔잔을 예열한 물을 퇴수기에 버린다.

- 시자는 팽주에게 찻잔을 받아 물기를 닦아낸다.

- 팽주는 차선을 좌우, 상하, 시계 방향으로 돌리면서 씻고,
  왼쪽 중앙자리에 놓는다.

- 팽주는 다건을 들어 큰 찻사발을 두 손으로 무릎 위에
  살짝 올리는 듯한 자세를 취하면서 시계 방향으로 천천히 돌린다.

- 큰 찻사발의 물을 버리고 다건으로 왼쪽, 오른쪽, 가운데 순서로 닦아준다.

- 오른손으로 차호를 가져와 가루차를 3번 정도 덜어내고
  뚜껑을 덮어 왼손으로 제자리에 둔다.

- 탕수를 붓고 차선으로 50번 정도 격불해 차를 곱게 푼다.

• 백탕기 뚜껑을 먼저 열고 작은 표자로 백탕기에 탕수를 붓는다.

• 표자를 제자리에 둔다.

• 다시 작은 표자로 찻사발의 차를 떠서 나눔잔에 한 잔씩 담는다.

• 백탕기를 나눔잔 다반 중앙에 놓는다.

• 팽주와 시자는 일어서서 손님 앞으로 나온다.

• 손님 앞에서 함께 인사를 나누고,
  시자는 백탕기부터 상 위에 올리면서 순서대로 차를 드린다.

• 시자가 손님에게 차를 올린 후 뒤로 살짝 물러나면
  팽주는 손님들에게 다식을 권하고,
  차를 다 마신 손님 찻잔에 백탕기로 물을 부어준다.

• 손님들이 차를 모두 마시면
  시자는 찻잔을 순서대로 정리하여
  팽주와 함께 찻자리로 돌아온다.

• 시자는 다반에 있는 백탕기부터 팽주에게 전달하고,
  팽주는 이를 받아 찻상 제자리에 둔다.

• 큰 표자로 탕수를 떠서 나눔잔 3잔에 골고루 붓는다.

• 팽주는 나눔잔을 천천히 시계 방향으로 돌린 후
  물을 버리고, 시자는 잔을 받아 다건으로 닦는다.

• 차시를 닦아 제자리에 놓고, 차선 또한 제자리에 가져다둔다.

• 팽주는 물항아리의 물을 떠서 차솥에 2번 정도 보충하고 항아
  리 뚜껑과 차솥 뚜껑을 덮는다.

• 팽주와 시자가 함께 찻상보을 덮는다.

▲ 팽주와 시자는 함께 앞에 놓인 찻상보를 걷는다.

▲ 차솥의 탕수를 포자로 뜬다.

▲ 탕수를 나눔잔 3잔에 골고루 나누어 붓는다.

▲ 시자는 팽주에게 찻잔을 받아 물기를 닦아낸다.

▲▶ 작은 표자로 차를 나눔잔에 한 잔씩 담는다.

▲ 백탕기를 나눔잔 다반 중앙에 놓는다.

192

▲ 팽주와 시자는 함께 일어서서 손님 앞으로 다가간다.

▲ 손님과 인사를 나누고, 시자는 백탕기부터 상 위에 올리면서 순서대로 차를 낸다.

▲ 손님들은 차를 마시고 다시을 맛본다.

▲ 첫자을 김상한다

▲ 서로 인사를 나누며 배웅잔다.

193

16 신년교례 차회

"멋과 풍류를 즐기며 차 생활을 즐긴 선조들의 전통을 새로
운 시각으로 해석해 차회를 열어보자. 새해 소망과 축복을
담은 한 잔의 차가 한해를 더욱 풍요롭게 만들어준다."

팽주 최향옥

역사 속의 차회

고려시대 기록을 살펴보면 나라와 왕실의 태평을 위하여 열린 팔관회(八關會), 연등회(燃燈會) 등의 다례문화가 존재했고, 정월 초하룻날에는 왕이 차를 마시며 외국 사신들에게 다연(茶宴)을 베풀었다. 멋과 풍류를 즐기며 차 생활을 영위한 선조들의 전통을 새로운 시각으로 해석해 차회를 열어보자. 새해 소망과 축복을 담은 한 잔의 차가 한해를 더욱 풍요롭게 만들어준다.

신년교례 차회의 취지

신년교례 차회(新年交禮 茶會) 행다를 통해 새해를 맞이하는 차인들의 화합을 이루고 새해 소망이 모두 이루어지기를 기원한다.

행다의 특징

신년교례 차회는 오감을 모두 만족시킨다. 청각, 미각, 후각, 촉각의 감성을 일깨우고 차인들의 안목을 높이며 서로에 대한 배려와 정성과 예를 다한 행다례다. 행다 장소에 따라 마주보고 앉아도 되고 원을 그리며 앉아도 무방하다.

다구 선택

각자 소장한 다구를 사용하는 다레니 개인적으로 준비한
다완에 대해 미리 충분히 이해해 두어야 한다.

기본 찻자리 준비

개인 찻자리와 중앙의 탕관, 워머, 차호, 백탕기, 다식은
신년차회 준비자가 마련해 둔다.

차를 마신 후 다완을 감상하고 옆 사람에게 전달한다. 본인 다완이 돌아올 때까지 차례대로 다완을 감상한다.

행다 순서

- 다건을 들어 탕관의 물을 다완에 붓는다.

- 다건을 내려놓고 차선을 가져와 씻어 왼쪽 중앙에 둔다.

- 다건을 다시 들고 다완을 배꼽 위치 정도로 올려서
  시계 방향으로 천천히 한 바퀴 돌려 퇴수기에 물을 버린다.

- 퇴수기를 사용한 사람은 옆 사람에게 건넨다.
  퇴수기는 돌려가며 계속 사용한다.

- 다건으로 다완의 물기를 닦는다.

- 차호를 가져와 가루차를 2번 덜고,
  다음 사람이 사용할 수 있도록 건넨다.

- 탕관의 물을 백탕기에 붓고, 다완에도 붓는다.

- 백탕기 뚜껑을 닫고 차선을 가져와 가루차를 곱게 푼다.

- 완성한 차는 본인이 마시는 것이 아니라 오른쪽 방향으로,
  옆 사람 찻자리에 놓아준다.

- 모든 사람에게 다완이 돌아가면 서로 인사를 나누고 차를 마신다.

- 백탕기의 물을 다완에 조금 부어 헹구어 마신다.

- 탕관의 물을 다완에 붓고, 차선을 가져와 씻는다.

- 다건을 들고 다완의 물을 천천히 한 바퀴 돌려서 퇴수기에 버린다.

- 다건으로 다완을 닦는다. 9시 방향으로 끼워서 오른손으로 다완을
  세 번 돌리면서 닦고, 다완 안쪽 중앙을 세 번 꼭꼭 눌러 닦는다.

- 앞에 놓인 다완을 감상하고 옆 사람 찻자리에 놓아준다.

- 본인의 다완이 찻자리에 돌아올 때까지 다완을 감상하며
  신년 다담을 나눈다.

▲ 탕관의 물을 다완에 붓는다.

◀다완을 배꼽 위치 정도로 올려서 시계 방향으로 천천히 한 바퀴 돌려 퇴수기에 물을 버린다.

▲ 차호를 가져와 가루차를 2번 덜어낸다.

▶ 탕관의 물을 백탕기에 붓는다.

▲ 왼손으로 차선을 잡는다

▲차선을 들어올려 가로로 눕힌다

◀차선으로 가루차를 곱게 푼다

▲먼저 차의 색을 감상한다.

▲인사를 나누고 차를 마신다

▶다완을 감상하고
옆 사람 찻자리에 놓아준다.

203

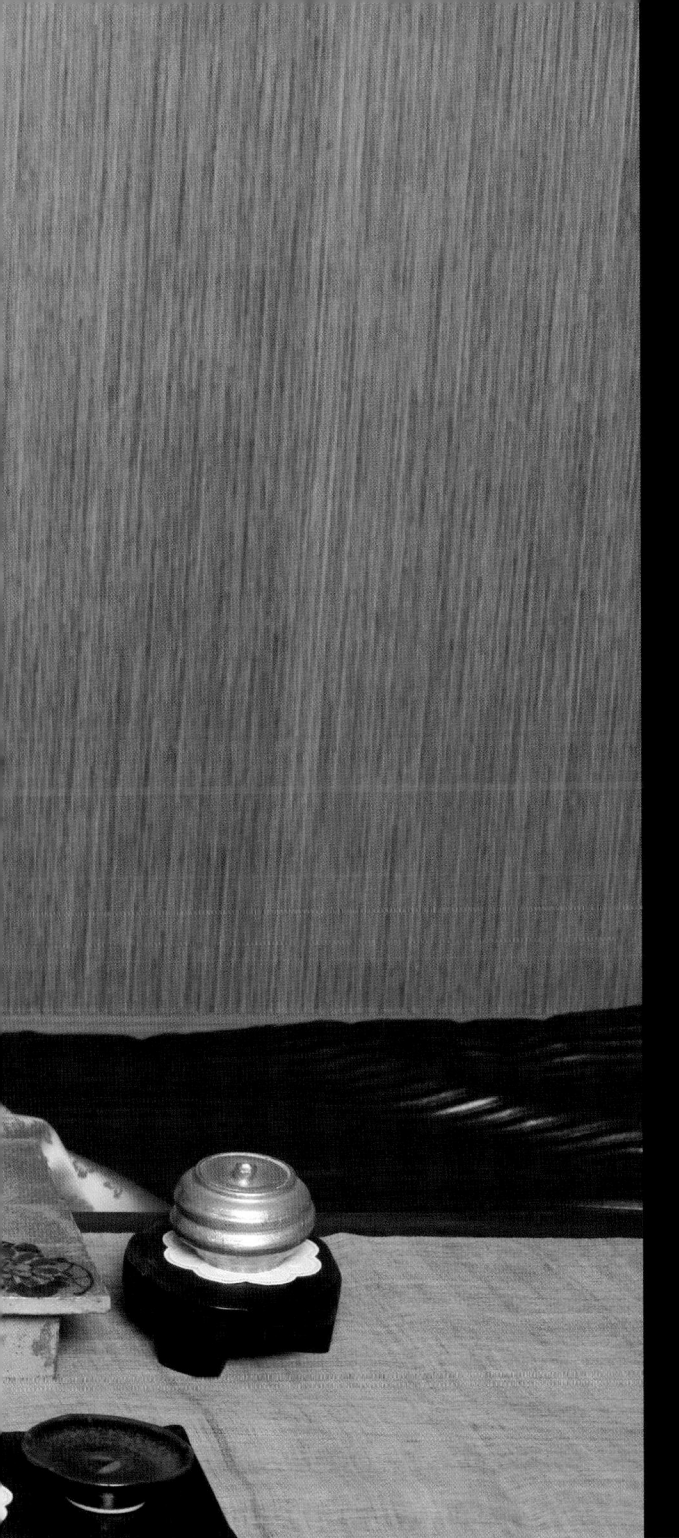

17 새해맞이 다례

"차 생활의 행다법(行茶法)은 손님에 대한 예(禮)의 기본이다. 먼저 어른, 귀한 분에게 세배를 한다. 차를 마시면서 어른의 덕담에 귀 기울인다."

팽주 백현주

찻자리 표현

새해 정월이 되면 집안의 어른이나 귀한 손님을 초대하여 차로써 예를 갖추자. 다구는 평소에 아껴둔 금다구 일체를 준비한다. 주인은 다기에 어울리는 정갈한 한복을 입고 손님을 맞이한다. 한쪽에 자리한 소나무 가지로 찻자리 운치를 더하며, 일년 동안 소나무의 푸른 잎처럼 변하지 않고 항상 건강하기를 기원하는 마음을 다화로 표현했다.

예를 표현한 행다

차 생활의 행다법(行茶法)은 손님에 대한 예의 기본이다. 먼저 어른, 귀한 분에게 세배를 한다. 차를 마시면서 어른의 덕담에 귀 기울인다.

다도구의 특징

도자기 다반상(물받이)은 퇴수기와 찻상 역할을 한다. 모양이 다른 금다관은 본 다관이고, 숙우는 사용하지 않는다. 같은 모양의 금다관 두 개가 손님이 사용하는 다기다.

행다 순서

- 손님들께 인사를 드린다.

- 본 다관의 뚜껑을 열고, 다건을 들어 탕관의 물을 본 다관에 붓는다.

- 본 다관의 물을 잔에 차례대로 붓는다.
  이때 본 다관에 물이 남아도 상관없다.

- 다건을 들어 잔의 물을 다지에 버리고,
  잔을 닦아 바로 손님 도자기 다반에 올린다.

- 팽주의 잔은 약간 왼쪽으로 옮겨둔다.

- 본 다관의 뚜껑을 열고 다건을 들어 탕관의 물을 본 다관에 따른다.

- 본 다관으로 손님 다관에 물을 붓는다.

- 본 다관 뚜껑을 열어 다건 위에 두고 왼손으로 차호를 가져온다.

- 차시를 가져와 차를 두 번 덜어내고 왼손으로 차호를 제자리에 둔다.

- 다건을 들어 탕관의 물을 본 다관에 많이 붓는다.

- 손님 다관의 물을 버리고 제자리에 둔다.

- 손님 다관의 뚜껑을 열어 다관 앞에 둔다.

- 본 다관의 찻물을 손님 다관에 두 번에 걸쳐 붓는다.

- 본 다관의 뚜껑을 열어두고,
  다건을 들어 탕관의 물을 본 다관에 붓는다.

- 손님께 다관을 내고 인사한다.

- 팽주의 잔에 본 다관의 차를 따르고
  손님과 함께 차를 마시며 다담을 나눈다.

- 탕관의 물을 본 다관에 붓고,
  손님이 다관을 올려주면 차를 보충해 준다.

- 본 다관은 아래로 내려둔다.

- 손님 다관 가운데 하나를 본 다관을 둔 자리로 옮긴다.

- 나머지 손님 다관은 원래 위치에 둔다.

- 찻잔을 거두어 올리고 팽주의 찻잔도 조금 옆으로 옮긴다.

- 탕관의 물을 잔에 바로 붓는다.

- 다건으로 잔을 닦고 원래 위치에 둔다.

- 본 다관을 올려 원래 위치에 둔다.

- 인사를 드린다.

▲ 본 다관의 물을 찻잔에 붓는다.

◀ 다건으로 잔을 닦고 손님 앞에 낸다.

▲ 다건에 닦은 찻잔을 손님 도자기 다반에 올린다.

▶ 왼손으로 차호를 가져온다.

◀ 본 다관에 차를 넣고 탕관의 물을 붓는다.

212

▲탕관의 물을 본 다관에 붓는다.

▼본 다관의 찻물을 손님 다관에 두 번에 걸쳐 따른다.

▲다관에 우린 차를 담아 손님께 낸다.

▲본 다관은 아래로 내려둔다.

▲탕관이 붙을 산에 따르고 정리한다.

18 피크닉 다례

" 피크닉 다례는 산과 들 그리고 강이 있는 자연으로 나와 차 한 잔
마시며 고상하고 멋스럽게 놀고, 자연의 변화를 감상하며 대자연
속에서 물아일체를 경험하는 청유(淸遊)의 찻자리다. "

팽주 한애란

새로운 문화의 창조

피크닉은 일상생활에서 벗어나 야외로 나가 산책, 식사 등을 하면서 즐기는 휴식의 하나다. 한국은 예로부터 봄철에는 꽃놀이, 화전놀이를 여름철에는 물놀이, 천렵(川獵), 낚시를, 가을에는 단풍놀이 등을 즐겼다. 이것 또한 일종의 피크닉이라 할 수 있다.

현재는 레저 붐을 타고 가족 단위로 낭일치기의 야외 활동이 성행하고 있는데 피크닉은 이와 같은 활동의 총칭이다. 하이킹이나 등산, 캠핑 등의 스포츠적 요소는 포함하지 않으나 오락적인 요소는 포함하고 있다.

문헌에서 살펴본 피크닉 다례

피크닉 다례는 산과 들 그리고 강이 있는 자연으로 나와 차 한 잔 마시며 고상하고 멋스럽게 놀고, 자연의 변화를 감상하며 대자연 속에서 물아일체를 경험하는 청유(淸遊)의 찻자리다.

신라시대의 화랑도(花郎徒)들은 산천을 다니며 심신을 단련시키고 차를 마셨는데 그 유적들은 경포대의 돌화덕과 한송정의 돌화덕, 돌못, 돌우물 등으로 남아 있다. 신라의 화랑도들이 즐기던 차 문화가 오늘날 피크닉 다례의 한 유형이라 생각한다. 『삼국유사』 제2권 「경덕왕 충담사 표훈대덕(表訓大德)」을 보면 충담이 벚나무 껍질로 만든 앵통을 지고 있다는 기록이 나온다. 그때 이미 야외용 다구통이 존재한 것이다. 또 대궐 뜰에서 차를 끓여 왕에게 올렸다는 기록 또한 피크닉 다례의 사례로 볼 수 있다.

다도구의 특징

육우가 쓴 『다경』의 「구지략(九之略)」에 "但城邑之中 王公之門 二十四器闕一 則茶廢矣"라는 글이 나온다. 도시(城邑)의 왕족 또는 제후 가문(王公)에서 정식 다법을 행할 때 스물네 가지의 다기(茶器)들 중 하나만 빠져도 차의 정신과 아취(雅趣)를 잃으니 그 찻일은 하지 않는다는 뜻이다. 그러나 야외에서 차를 마시는 경우 장소에 따라 생략되는 다구들도 있었다. 피크닉 다례에서도 다구들을 간소하게 준비했다.

행다 순서

- 오른손에 함을 들고 입장한다.

- 찻자리에 앉으며 함을 왼쪽에 둔다.

- 인사를 한다.

- 오른손으로 함에 꽂혀 있는 매트를 가져와 바닥에 펼친다.

- 탕관 뚜껑을 열어두고, 보온병의 탕수를 탕관에 붓고
  보온병은 제자리에 둔다.

- 탕관 뚜껑을 닫고, 함 뚜껑은 열어 매트 위에 둔다.

- 오른손으로 차호를 꺼내어 왼손바닥에 올려
  잠시 정지했다가 제자리에 둔다.

- 다완을 꺼내 함 뚜껑 위에 둔다.

- 왼손으로 차선, 차시받침, 차시 순서로 꺼내고
  오른손으로 제자리에 둔 뒤 함 안 다건의 위치를 바꾸어 놓는다.

- 함1을 들어 보온병 뒤에 둔다.

- 왼손으로 백탕기를 꺼낸다.

- 퇴수기를 꺼내어 함2 안에 둔다.

- 다건을 들어 탕관의 물을 다완에 붓는다.

- 다건을 두고 차선을 왼손으로 가져와 씻어서 원래 자리에 둔다.

- 다완을 한 바퀴 천천히 돌려서 물을 퇴수기에 버리고,
  물기는 세 번으로 나누어 꼭 눌러 닦는다.

- 오른손으로 차호를 가져와 왼손 바닥에 두고 뚜껑을 연다.

- 차시를 가져와 두 번 정도 가루차를 다완에 덜어낸다.

- 왼손으로 차호를 제자리에 두고 백탕기의 뚜껑을 열어둔다.

- 다건을 들어 탕관의 물을 백탕기에 조금 붓고 다완에 50cc 정도 붓는다.

- 색, 향, 미를 감상하며 세 번에 나누어 천천히 마신다.

- 백탕기를 가져와 다완에 한 번 돌려서 부어 백비탕을 마신다.

- 다건을 들어 탕관의 물을 다완에 붓는다.

- 차선을 가져와 씻어 제자리에 둔다.

- 다건을 들고, 다완을 들어 시계 방향으로
  천천히 한 바퀴 돌려서 퇴수기에 물을 버린다.

- 다건을 다완에 끼워 세 번 돌리면서 닦고, 다완 안도 닦는다.

- 차시를 가져와 다건으로 닦고, 제자리에 둔다.

- 오른손으로 퇴수기를 가져와 함1에 넣는다.

- 오른손으로 백탕기를 가져와 왼손으로 함1에 넣는다.

- 함1을 가져와 함2 위에 얹고, 함 안의 다건 위치를 바꾼다.

- 두 손으로 다완을 넣는다.

- 다완 외의 모든 다구는 오른손으로 가져와 왼손으로 넣는다.
  차호, 차시, 차시받침, 차선 순서대로 넣는다.

- 뚜껑을 가져와 함을 덮는다.

- 매트를 말아서 원래 위치에 끼운다.

- 정리된 함을 양손으로 들고 일어서서 인사한 뒤 퇴장한다.

▲오른손으로 함에 꽂혀 있는 매트를 가져와 바닥에 펼친다.

▲탕관의 물을 다완에 붓는다.

▲다완을 들어 한 바퀴 천천히 돌려 퇴수기에 물을 버린다.

▶차시를 가져와
가루차를 덜어낸다.

◀차선으로 차를 푼다.

◀색, 향, 미를 감상하며
세 번에 나누어 천천히 마신다.

▲백탕기를 가져와 다완에 한 번 돌려서 부어 백비탕을 마신다.

▲탕관의 물을 백탕기에 조금 붓고 다완에도 50cc 정도 붓는다.

◀다완, 백탕기, 차호를
☆시대로 함에 넣는다.

◀정리된 함을 들고 일어서서
인사한 뒤 퇴장한다.

223

19 나눔 말차 다례

"손님 앞에서 큰사발에 가루차를 곱게 풀고 나눔잔에 내어드리자.
다사(茶事)를 통한 일기일회(一期一會)를 만끽할 수 있다."

팽주 이경란

찻자리 모습

예나 지금이나 차 문화는 최고의 교양이다. 차를
선물 받은 차인들은 기쁨에 겨워 손님을 초대한
다. 손님 앞에서 큰사발에 가루차를 곱게 풀고 나
눔잔에 내어드리자. 다사(茶事)를 통한 일기일회
(一期一會)를 만끽할 수 있다.

배려

손님을 위한 개인상을 따로 준비한다.

행다 순서

- 인사를 올린다.

- 중앙 상보를 걷고 곁상보를 걷는다.

- 차선을 가져와서 왼쪽 상에 둔다.

- 탕관의 물을 찻사발에 붓는다.

- 차선을 씻어 제자리에 둔다.

- 다건을 들고 찻사발을 배꼽 위치 정도에서 한 번 살며시 돌린 후
  나눔 찻잔에 붓는다.

- 찻사발 물을 퇴수기에 버리고 나눔 찻잔을 먼저 닦고 찻사발을 닦는다.

- 차호를 가져와 가루차를 두세 번 덜어낸다.

- 백탕기 뚜껑을 열고 탕관의 물을 백탕기, 찻사발 순서로 붓는다.

- 차선을 들어 차를 곱게 푼다.

- 손님께 다식을 권한다.

- 나눔 찻잔에 차를 골고루 따른 후 손님상에 차를 낸다.

- 손님이 차를 마시면 백탕기를 손님에게 전달한다.

- 팽주는 백탕기, 찻잔 순서로 거두어 정리한다.

- 찻사발에 물을 부어 차선을 씻고 제자리에 둔다.

- 찻사발의 물을 나눔 찻잔에 붓는다.

- 나눔 찻잔을 살짝 한 번 돌리고 물은 퇴수기에 버린다.

- 나눔 찻잔과 찻사발을 모두 닦은 후 차시도 닦는다.

- 차선을 원래 위치에 둔다.

- 곁상, 중앙상이 순서대로 찻상보를 덮는다.

▲중앙 상보를 걷고 곁상보를 걷는다.

▲찻사발을 배꼽 위치 정도에서 한 번 돌린 후 나눔 찻잔에 붓는다.

▲찻사발의 물을 퇴수기에 버린다.

▲나눔 찻잔을 먼저 닦고, 찻사발을 닦는다.

▲차호를 가져와 가루차를 두세 번 덜어낸다.

▲나눔 찻잔에 차를 골고루 따른다.

▲손님상에 차를 낸다.

▲백탕기를 손님에게 전달한다.

▶차를 마신다.

◀차선을 원래 위치에 두다

231

"좌식문화의 전통적인 찻자리에서 탈피해 식탁이나 사무실 책상에 앉아
보다 편하게 차를 즐길 수 있어 남성들에게 권하는 행다법이다."

팽주 박천현

행다 취지

선인들은 "차를 마시는 나라는 흥하고 술을 마시는 나라는 망한
다"는 지혜로운 말을 남겼다. 우리나라 선조 차인들 대부분이
남성이었다. 조선 초기, 조정과 왕실에서는 고려의 음다 풍속을
이어갔으나 다세 폐지와 숭유억불 정책으로 차 대신 술이 사용
되면서 임진왜란 이후부터 차 문화가 급격히 쇠퇴했다.

오늘날, 차 생활에 다시금 활력을 주고자 우리 고유의 차 정신
에 새로운 형식을 가미해 보았다. 좌식문화의 전통적인 찻자리
에서 탈피해 식탁이나 사무실 책상에 앉아 보다 편하게 차를 즐
길 수 있어 남성들에게 귀하는 행다법이다.

다도구 특징

탕관의 용도로 정병을 사용하며
다해(물받이)는 퇴수기의 용도를 같이 한다.
여성의 행다와는 달리 다건은 설거지할 때만 사용한다.

행다 동작

도구의 배치와 쓰임에 따라 오른손, 왼손을 사용하되 오른손의 쓰임이
있을 때 남성들은 왼손을 가슴에 대고 행다 한다.

행다 순서

- 팽주는 손님 인원수에 맞게 미리 찻상을 준비한다.

- 손님들을 두 명씩 의자에 앉게 한다.

- 다건과 받침을 왼쪽에 두고 손님에게 인사를 한 뒤 준비한
  차와 음악, 다식, 다화 등을 간단히 소개한다.

- 정병을 가져온다.

- 왼손을 정병 주구 밑에 살짝 대고 숙우에 천천히 정병의 물을 붓는다.

- 다관 뚜껑을 열고 숙우의 물을 다관에 붓는다.

- 다관의 예온한 물을 잔 ①, ②, ③에 순서대로 붓는다.

- 오른손으로 차호를 가져와서 왼손바닥 위에 올린다.

- 차호 뚜껑은 열어서 원래 자리에 두고,
  차시를 가져와 차를 두 번 덜어내 다관에 넣는다.

- 차시를 제자리에 두고 차호 뚜껑을 덮어 원 위치에 갖다 둔다.

- 정병을 가져와서 다관에 붓고 원래 위치에 둔다.

- 잔을 가져와 다지 앞에서 살짝 돌린 후 물을 버린다.

- 다건으로 잔을 찍고 바로 세워서 제자리에 둔다.

- 다관의 차를 팽주의 잔에 먼저 조금 따라 색을 보고
  잔에 순서대로 두 번에 걸쳐 차를 따른다.
  차를 따를 때 왼손은 가슴 중앙에 위치한다.

- 왼손으로 차탁과 잔을 가져와 오른손으로 손님에게 차를 낸다.

- 팽주는 차의 맛을 보고 손님에게 목례한다.

- 손님들이 차를 마시는 동안 팽주는 두 번째 차를 준비한다.

- 다관 뚜껑을 열고, 정병을 가져와 다관에 붓는다.

- 정병을 제자리에 두고 다관 뚜껑을 덮은 뒤 남은 차를 마신다.

- 우러난 차를 숙우에 두 번 나누어 따른 후
  왼손바닥에 숙우를 올려 양손으로 손님에게 차를 낸다.

- 차를 다 마시면 숙우를 먼저 거두어 제자리에 둔다.

- 차탁과 잔을 가져와 원래의 위치에 둔다.

- 다관을 다지 앞쪽으로 옮긴다.

- 찻잔을 다지 위에 ①③② 의 순서로 올린다.

- 정병을 가져와서 숙우에 물을 붓는다.

- 숙우의 물을 잔에 붓는다.

- 잔을 살짝 돌려서 다지에 물을 버리고,
  다건에 찍고 바로 세워서 원래의 상 위치에 둔다.

- 옮겨둔 다관을 원래 위치로 가져다둔다.

- 다건과 받침을 가져와서 숙우 위에 올려둔다.

- 행다례를 마치며 인사를 드린다.

▲다관의 물을 잔에 순서대로 부어 예온한다.

▲차호를 가져와 차를 두 번 정도 다관에 덜어낸다.

▲잔을 가져와 다지 앞에서 살짝 돌린 후 물을 버린다.

▲잔을 다건에 찍어 물기를 없앤 후 바로 세워서 제자리에 둔다.

▲왼손으로 차탁과 잔을 가져온다.

▲오른손으로 손님께 차를 낸다.

240

▲손님들은 차를 마신다.

▲팽주는 차의 맛을 보고 손님에게 권한다.

▲손님들이 차를 마시는 동안 팽주는 두 번째 차를 준비한다.

▲전변이 물을 다관에 붓는다.

▲숙우의 물을 잔에 붓는다.

21 가족 다례

"다도는 단순한 취미 생활이 아닌 가족의 화합까지 도모하는, 가족 평화의 일등
공신이다. 한 잔의 차로 가족이 더욱 행복해지고, 건강까지 관리할 수 있다.
찻상머리에서 나누는 다담은 가족 간의 대화 창구 역할까지 도맡는다."

팽주 이종임 가족

가족 다례의 의미

조선시대 영수합 서씨(令壽閣 徐氏, 1753~1823) 부인은 차를 무척 즐겼다. 여성이면서 선비적 기풍의 시 세계를 표현한 영수합은 3남 2녀의 자녀들과 모여 차를 즐기며 시를 짓는 가족 찻자리를 가지며 가정의 화목을 도모했다.

이제 다도는 단순한 취미 생활이 아닌 가족의 화합까지 도모하는, 가족 평화의 일등 공신이다. 한 잔의 차로 가족이 더욱 행복해지고, 건강까지 관리할 수 있다. 찻상머리에서 나누는 다담은 가족 간의 대화 창구 역할까지 도맡는다.

다도구 특징

육각 도자기 다반(물받이)은 찻상과 퇴수기의 대신이고
가족 앞에 놓인 둥근 도자기 받침은 개인 찻상 역할을 한다.

다기의 통일성

탕관, 다관, 숙우, 찻잔을 깨끗함이 느껴지는 흰색으로 통일해
가족 구성원에 맞게 준비한다.

행다 시작 전

- 가족 구성원 수만큼 찻잔과 원탁 매트를 미리 준비한다.

- 가족을 찻자리로 안내한다.

- 팽주는 목례를 한 후 차를 준비한다.

행다 순서

- 팽주는 본인의 찻잔을 다반 아래에 내려놓는다.

- 왼쪽에 있는 다관 3개를 모두 다반 위로 올린다.

- 팽주 앞에 있는 본 다관 뚜껑을 먼저 열고,
  3개의 다관 뚜껑을 모두 연다.

- 탕관을 들어 본 다관에 물을 충분히 붓는다.

- 본 다관의 뚜껑을 덮어 다관 3곳에 예열된 물을 붓는다.

- 각 다관의 물을 숙우에 하나씩 붓는다.

- 빈 다관을 가족에게 각각 전한다.

- 가족은 다관을 받아 앞자리에 둔다.

- 팽주는 각 숙우의 예열된 물을 버리고,
  차 우릴 물을 담아 가족에게 전달한다.

- 팽주는 본인 찻잔을 다반 위에 올린다.

- 본 다관 뚜껑을 열고 차호를 가져와 차를 넣는다.

- 가족들도 다관 뚜껑을 열고 차호를 받아서 다관에 차를 넣는다.

- 팽주는 탕관의 물을 본 다관에 붓고 가족은 숙우의 물을 각자 다관에 따른다.

- 다관 뚜껑을 모두 덮고 차가 우러나면 찻잔에 조금 따라서
  색을 보고, 숙우에 두 번 나누어 따른 후 마신다.

- 다식을 먹으며 각자 차를 계속 우려 마신다.

- 가족의 다관부터 제자리로 옮겨 놓는다.

- 팽주는 가족의 숙우를 받아서 다반 위에 올린다.

- 팽주는 가족의 찻잔을 받아 다반에 올리고 자신의 찻잔도 올린다.

- 팽주는 탕관의 물을 숙우와 찻잔에 순서대로 붓는다.

- 숙우의 물을 버려 왼쪽 자리에 옮기고, 찻잔은 다건에 끼워서
  세 번 돌려 닦아 다반 위에 올려놓는다.

- 도구 정리를 끝낸다.

▲탕관을 들어 본 다관에 물을 충분히 붓는다.

▲가족은 다관을 받아 앞자리에 둔다.

▲숙우의 물을 잔에 부어 예온한다.

▲팽주는 숙우에 차 우릴 물을 담아 가족에게 전달한다.

▲차호를 가져와 본 다관에 차를 넣는다.

250

◀ 다관 뚜껑을 덮고 차가 우러나면
찻잔에 조금 따라 색을 본다.

▲ 찻잔에 따르고 남은 차를 숙우에 따른다.

▲ 가족들은 숙우의 차를 산째 따른다.

251

22 고차 다례

"약한 불로 서서히 차를 덖으면 오래된 차의 잡내를 제거할 수 있다.
냉장고에 보관했던 고차 또한 홍배기에 덖어 우리면 차의 습기가
제거되어 향미가 어느 정도 살아난다."

팽주 김늠이

고차란?　묵은차라고도 불리는 고차(古茶, long-stored tea)는 차로 생산된 지 2년 이상 경과된 녹차를 말한다. 문헌 기록을 보면 청나라 때는 묵은 녹차의 가격이 햇차보다 더 비쌌고 품귀현상마저 났다고 한다.

특별한 다도구

고차를 우리기 위해 홍배기를 사용한다. 약한 불로 서서히 차를 덖으면 오래된 차의 잡내를 제거할 수 있다. 냉장고에 보관했던 고차 또한 홍배기에 덖어 우리면 차의 습기가 제거되어 향미가 어느 정도 살아난다.

주의 사항

홍배기에 덖은 차를 우릴 때는 바로 하는 것이 아니라
차를 완전히 식힌 다음에 다관에 넣어야 한다.

행다 순서

- 인사를 건넨다.

- 엎어진 잔을 오른쪽부터 바로 세운다.

- 두 손으로 차호를 가져와 집게로 묵은 차를 덜어 홍배기에 올린다.

- 홍배기에 올린 차를 집게로 살살 펴준다.

- 집게를 제자리에 두고 차호도 두 손으로 제자리에 둔다.

- 다관 뚜껑을 열고 집게로 덖은 차를 넣는다.

- 집게와 홍배기를 제자리에 둔다.

- 다건을 들어 탕관의 물을 다관에 붓는다.

- 두 손으로 다시 차호를 가져와 홍배기 위에 차를 덜어내어 덖는다. 이 과정을 통해 차의 잡내가 사라지고 향이 살아난다.

- 차가 우러나면 다관을 들어 두 번에 걸쳐 순서대로 잔에 따르고 손님에게 차를 낸다.

- 팽주는 차의 간을 보고 손님에게 마시도록 권유한다. 간을 본 팽주는 잔과 차탁을 위쪽에 옮겨둔다

- 두 번째 차를 우리기 위해 다관의 뚜껑을 열고 탕관의 물을 다관에 붓는다.

- 팽주는 남은 차를 마신다.

- 손님에게 다식을 권한다.

- 두 번째로 우린 차를 숙우에 두 번 나누어 따른 후 손님에게 낸다.

- 홍배기에 올린 차를 집게로 살살 덖는다.

- 숙우를 거눈다.

- 팽주는 자신의 잔과 차탁을 먼저 거두고 손님 잔도 가져와 제자리에 둔다.

- 탕관의 물을 숙우에 붓고, 숙우의 물을 잔에 붓는다.

- 다건을 돌려 잡는다.

- 잔을 천천히 한 바퀴 돌려 퇴수기에 물을 버린다.

- 찻잔을 엎어둔다.

▲▶두 손으로 차호를 가져와 집게로 묵은 차를 덜어 홍배기에 올린다.

▲인사를 건넨다.

▼▶다관 뚜껑을 열고 집게로 덖은 차를 집어넣는다.

▲엎어진 잔을 오른쪽부터 바로 세운다.

▶두 번째로 우린 차를 숙우에 따른다.

▼▶손님에게 차를 낸다.

◀다건으로 잔을 닦는다.

23 보이차 행다

"보이차에는 인체에 유익한 폴리페놀, 비타민, 아미노산, 탄닌 등의 성분이 들어 있어 유해한 세균을 죽이고 소화를 도우며 콜레스테롤을 낮추고 암을 예방한다."

팽주 이경옥

보이차의 역사

오랜 역사를 가진 보이차(普洱茶)는 청나라 초부터 크게 명성을 떨치기 시작하며 200여 년 동안 흥성했는데 청나라 말기에 벌어진 전쟁과 사회 혼란 현상으로 입지가 위축되었다. 그 후 1980년대 중국 사회가 개혁 개방 정책으로 돌아서면서 보이차는 새로운 번성기를 맞이하게 된다. 운남성(雲南省) 표준 계량국은 2003년 3월 보이차를 "운남성에서 나는 대엽종 쇄청모차

를 원료 삼아 발효를 거쳐 만든 산차와 긴압차"라고 정의했다. 보이는 운남 남부의 한 현으로, 원래는 차가 나지 않던 운남의 중요한 무역 집산지이자 시장에 불과했다. 그런데 서쌍판납(西双版納)을 비롯한 난창강 연안에 있는 각 현들이 모두 보이현에 집중되어 있어 차를 가공해 각지로 운송하고 판매하면서 보이차가 유명해지게 되었다.

보이차 효능

보이차에는 인체에 유익한 폴리페놀, 비타민, 아미노산, 탄닌 등의 성분이 들어 있어 유해한 세균을 죽이고 소화를 도우며 콜레스테롤을 낮추고 암을 예방한다.

보이차 행다 취지

최근 들어 보이차를 즐기는 차인들이 점차 증가하고 있다. 보이차를 우릴 때 자사 다구를 당연하다는 듯이 선호하는 모습을 보고 우리나라 차 문화에 맞는 보이차 행다를 창작했다. 우리나라 차 생활에 맞추어 다구 또한 우리의 것으로 준비하고 다법 역시 쉽고 재미있게 바꾸어 남녀 모두 보이차를 즐길 수 있도록 배려했다.

찻자리 특이점

양손잡이 워머에 4개의 초를 켜서 탕관 물의 온도를 지속하고,
수주(水注)의 물도 끓는 물로 준비한다. 노동(盧仝)의 칠완차가
(七碗茶歌)를 적은 매트를 봉다반으로 대신했고, 찻잔 집게를
사용했다.

용어 설명

■ **취차(取茶)** : 차를 꺼낸다. 차를 배열한다.

■ **상차(賞茶)** : 차를 감상한다.

■ **직차(直茶)** : 차를 넣는다.

■ **세차(洗茶)** : 처음에 우린 차는 마시지 않고 차를 씻는다. 즉 버린다.

■ **분탕(分湯)** : 차를 나눈다.

■ **온배(溫杯)** : 다관의 물을 잔에 붓는다. 잔을 데운다.

■ **세배(洗杯)** : 잔의 물을 버린다. 잔을 씻는다.

*팽주는 상차를 통해 찻잎을 감별하고, 찻물을 우려내는 방법을 결정하고
 손님은 찻잎을 감상하고, 차향을 맡을 수 있다.

행다 순서

- 인사를 드린다.

- 다관을 왼쪽 아래로 내린다.

- 잔을 바로 세운다.

- 다관을 다지 위에 올린다.

- 오른쪽으로 몸을 약간 움직여 차통을 가져온다.

- 차통 뚜껑은 제자리에 두고, 다협(茶鋏)을 가져와 차를 꺼낸다.

- 다협을 제자리에 두고, 차통 뚜껑을 가져와 덮어
  두 손으로 제자리에 둔다.

- 팽주는 다하(茶荷)를 가져와서 손님들에게 차를 소개하며 상차하게 한다.

- 다하가 팽주에게 돌아오면 원래의 위치에 둔다.

- 다관 뚜껑을 열고, 다하를 가져와서 다협을 사용해 직차(直茶)한다.

- 다협과 다하를 원 위치에 둔다.

- 왼손으로 탕관의 물을 다관에 넘칠 정도로 붓는다.

- 다관의 물을 오른쪽 잔부터 온배하고 남은 물은 다해에 붓는다.

- 다관 뚜껑을 열고 탕관의 물을 붓는다.

- 다협을 사용해 오른쪽 잔부터 세배한다.

- 팽주는 다지 위에서 잔을 돌려 다관 뚜껑 위에 물을 버린다.

- 다건으로 잔을 살짝 찍고 세워서 원래 위치에 둔다.

- 숙우의 물도 다관 뚜껑 위에 버린다.

- 숙우에 거름망을 걸치고 두 번에 나누어 차를 따른 다음
  거름망을 치운다.

- 다해를 다건에 찍어 물기를 없애고,
  숙우의 차를 오른쪽 잔부터 분탕한다.

- 차탁을 가져와 손님 앞에 놓는다.

- 팽주는 잔 집게를 사용해 찻잔을 손님 앞의 차탁에 놓는다.

- 팽주는 손님에게 차를 드린 후 자신의 차를 맛보고
  바로 두 번째 차 우림을 준비한다.

- 다관 뚜껑을 열고 거름망을 위에 두고 탕관의 물을 다관에 붓는다.
  다관 뚜껑을 닫고 위에 뜨거운 물을 씌었어 주기도 한다.
  수주로 탕관의 물을 보충하기도 한다.

- 두 번째 차가 우러나는 동안 팽주는 차를 마신다.

- 거름망을 숙우에 걸친 다음 우러난 차를 숙우에 두 번 나누어 따른다.

- 거름망을 제자리에 올려놓고 숙우 받침을 손님 앞에 놓은 뒤
  숙우 집게를 사용해 숙우를 받침 위에 놓는다.

- 나머지 숙우를 팽주의 상 위로 옮긴다.

- 다관 뚜껑을 열고 탕관의 물을 다관에 붓는다.

- 숙우의 예온 물을 다관 뚜껑 위에 버린다.

- 거름망을 숙우에 걸치고 세 번째로 우러난 차를
  숙우에 두 번 나누어 따른다.

- 차를 다 마시면 숙우와 받침을 순서대로 거두어 원래 위치에 둔다.

- 거름망을 숙우에 걸친다.

- 다관은 왼쪽 아래로 내려놓는다.

- 찻잔을 거두어 차탁은 원래 위치에 두고,
  찻잔은 다지 안에 오른쪽부터 담근다.

- 다지에 담긴 잔 위로 탕관의 물을 오른쪽으로 돌리며
  2~3번 정도 붓는다.

- 다협을 사용해 잔을 오른쪽으로 돌리면서 물을 버리고
  다건에 살짝 찍고 세워서 제자리에 올린다.

- 제자리에 올린 잔들을 엎어두고, 다관도 원 위치에 올린다.

- 수주의 물을 탕관에 보충한다.

- 인사를 드리며 마친다.

다협을 가져와 차를 꺼낸다.

▲숙우의 물도 다관 뚜껑 위에 버린다.

▲왼손으로 탕관의 물을 다관에 넘칠 정도로 붓는다.

▲▶숙우에 거름망을 걸치고 두 번에 나누어 차를 따른 다음 거름망을 치운다.

270

▲숙우 집게로 손님 앞에 숙우 받침을 놓은 뒤 대각선 방향으로 숙우를 넘긴다.

▲▶팽주는 잔 집게를 사용해 찻잔을 손님 앞의 차탁에 놓는다.

▲제자리에 올린 잔들을 엎어둔다.

▲찻진의 물을 버리고 다지 안에 담근다.

▲다건에 잔을 살짝 찍고 세워서 제자리에 올린다.

24 어린이 차놀이

"어린이들은 성품이 깨끗하고 새로운 것을 좋아하며 스스로 무언가를 시도해 보려는 강한 호기심을 품고 있다. 무엇이든 스펀지처럼 흡수하는 어린이들이 올바른 생활 습관을 가질 수 있도록 도와주고 교육하는 것이 어른의 도리다."

진주 Seed Kids Land 정현수, 조서현, 정시온, 이소윤, 권범준   팽주 정시온

행다 취지

어린이들은 성품이 깨끗하고 새로운 것을 좋아하며 스스로 무언가를 시도해 보려는 강한 호기심을 품고 있다. 무엇이든 스펀지처럼 흡수하는 어린이들이 올바른 생활 습관을 가질 수 있도록 도와주고 교육하는 것이 어른의 도리다. 다도 생활을 통해 거칠고 돌발적인 행동은 억제시키며 어른을 공경하는 마음을 갖도록 유도한다. 올바른 자세를 유지하고, 손은 공손하게 모으고, 눈매는 또렷하게, 목소리는 고요하고, 서 있는 모습은 반듯하고 덕스럽게 교육한다. "세 살 버릇 여든까지 간다"는 우리나라 속담처럼 어려서부터 차 생활을 통하여 평생의 예의범절을 익히도록 한다.

어린이 다구 특징

주전자 모양의 인퓨저(Infuser)와 칸이 구분된 도자기 받침,
조금 큰 듯한 숙우, 동물 캐릭터 쿠키 다식을 준비했다.

행다 순서

- 모두 일어나 배꼽 인사를 하고 자리에 앉는다.

- 팽주 어린이가 나와서 큰 숙우의 물을 오른쪽 친구부터 차례대로 부어준다.

- 큰 숙우를 제자리에 두고 팽주 어린이는 자기 자리에 앉는다.

- 어린이들은 녹차 한 스푼을 인퓨저에 넣고, 인퓨저를 찻잔에 집어넣는다.

- 숙우의 물을 찻산에 붓는다.

- 차가 우러나는 동안 감사하는 마음으로 기도한다.

- 인퓨저를 세 번 올렸다 내렸다 한 뒤 꺼낸다.

- 찻잔의 색을 보고, 향기를 맡아보고, 맛을 본다.

- 찻잔을 들고 세 번에 나누어 마신다.

- 다식을 집어 친구들과 동물 이름을 맞추어 보고 먹는다.

- 인사를 한다.

▲팽주 어린이가 나와서 큰 숙우의 물을 오른쪽부터 차례대로 부어준다.

▲어린이들은 녹차 한 스푼을 인퓨저에 넣고, 인퓨저를 찻잔에 집어넣는다.

278

▲숙우의 물을 찻잔에 붓는다.

▲인퓨저를 세 번 올렸다 내렸다 한 뒤 꺼낸다.

◀찻잔의 색을 보고,
향기를 맡아보고, 맛을 본다.

25 젊은이들의 교제

"사회생활을 하며 자칫 소홀해지기 쉬운 친구 사이를 술 대신 차를
매개 삼아 회복해 보자. 차를 나누며 생활의 멋과 여유, 건강을 되
찾고 교제하는 즐거움도 만끽할 수 있다."

팽주 박수만

행다 취지

바쁜 생활 속에서 삶이 지치고 고단할 때 한 잔의 차로 갈증을 해소하고 생활의 피로를 풀어보기를 권한다. 다도를 하면 정신이 맑아지고 몸이 깨끗해진다. 사회생활을 하며 자칫 소홀해지기 쉬운 친구 사이를 술 대신 차를 매개 삼아 회복해 보자. 차를 나누며 생활의 멋과 여유, 건강을 되찾고 교제하는 즐거움도 만끽할 수 있다.

행다 특징 테이블에서 여행용 일인다기를 사용하며, 각자 다양한 차를 준비해 서로 권하며 음미한다. 다건은 사용하지 않는다.

행다 순서

- 여행용 다기 주머니를 들고 인사한다.

- 다기 주머니를 펼쳐서 다기를 꺼내어 왼쪽에 둔다.

- 다관 뚜껑을 열고 차호를 가져와 차를 두 번 덜어내어 다관에 넣은 뒤 상대방에게 차호를 건넨다.

- 탕관의 물을 여행용 다관에 붓는다.

- 차가 우러날 동안 담소를 나눈다.

- 우러난 차를 찻잔에 두 번 나누어 따른다.

- 색, 향, 미를 감상하며 세 번에 나누어 차를 마신다.

- 두 번째 차를 우리기 위해 다관 뚜껑을 열고 탕관의 물을 다관에 붓는다.

- 다식을 먹는다.

- 우린 차를 찻잔에 두 번에 나누어 따른다.

- 찻잔을 다관 뚜껑 위에 엎어두고 오른쪽으로 옮긴다.

- 주머니를 가져와서 다기를 넣고 묶은 후 제자리에 둔다.

▲▶여행용 다기 주머니를 펼쳐서 다기를 꺼내 왼쪽에 둔다.

▲다관 뚜껑을 연다.

▲다관에 차를 넣는다.

▲탕관의 물을 다관에 붓는다.

▲ 우러난 차를 찻잔에 두 번 나누어 따른다.

▲ 다식을 먹는다.

▶ 색, 향, 미를 감상하며
세 번에 나누어 차를 마신다.

▲ 찻잔을 다관 뚜껑 위에 엎어두고 오른쪽으로 옮긴다.

▲ 주머니를 가져와서 다기를 넣고 묶은 후 제자리에 둔다.

부록

사단법인 한국차인연합회
정립 접빈 행다례

接賓行茶禮

〈만든 사람들〉
총지휘 박권흠
지도 김태연, 최순애, 오양가, 전정현, 임미숙, 박선우
출연 팽주-양계순 / 손님-서경자, 임후덕, 김설희 / 시자-홍은비
촬영일시 2007년 7월 16일
촬영장소 운현궁 이로당

(사)한국차인연합회 정립 접빈 행다례

우리나라의 다례에는 의식 다례, 접빈 다례, 일상생활 다례 등이 있다. 국가에 큰 행사가 있을 때면 의식 다례를 행했고, 나라에 큰 손님이 찾아오면 조정에서 연회를 베풀면서 차를 정성껏 대접하는 접빈 다례를 행했다. 오늘날 제일 많이 사용하는 것은 생활 접빈 다례이다. 손님에게 차를 대접할 때는 정성을 다하고 예를 갖추어야 한다.

사단법인 한국차인연합회는 오랜 세월 동안 연구하여 모범적으로 정립한 접빈 행다례를 만들어 정통성을 가진 행다례로 지정하여 교육하고 있다. 이 행다례의 절차는 다음과 같다.

접빈 행다례 순서

팽주와 시자는 미리 찻자리를 준비해 놓고 손님을 모신다. 손님맞이는 대문 앞까지 나가서(주동, 객서) 맞이한다. 이때 손님은 팽주보다 앞장서지 않고 팽주의 안내를 받으며 다실로 들어간다.

팽주는 손님을 모시고 들어온다.

시자는 신발을 정리정돈하고 따라 들어온다.

손님을 다실로 안내하여 서로 평절로 인사를 나눈다.

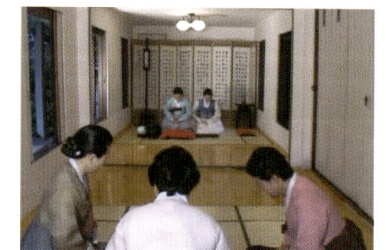
손님을 방석으로 안내한 후 팽주와 시자는 팽주 자리로 가서 손님과 인사를 나눈다.

팽주는 먼저 중앙 찻상보를 걷고 곁상보를 걷는다. 이때 시자도 다식 상보를 함께 걷는다.

292

팽주는 다건을 들어 솥 뚜껑을 여는데 한 번에 열지 않고 위쪽을 살짝 열어 김을 뺀 후에 뒤쪽을 들어 물방울을 흘린 뒤 천천히 아래로 내려놓는다.

팽주는 물항아리 뚜껑을 열어놓는다.

팽주는 다건을 들어 표주박으로 차솥에 탕수를 한 번 정도 휘저어서 물을 떠 숙우에 붓는다. 예열할 물을 뜨는 것이다.

다관 뚜껑을 열어 다관 뚜껑 받침 위에 놓는다.

숙우의 물을 다관에 붓는다.

차 우릴 물은 두 번 떠서 숙우에 붓는다.

다관에 있는 물을 찻잔에 순서대로 붓는다.

```
②  ①

③  ⑤

④
```

예열의 순서는 위와 같이 한다.

차호를 오른손으로 가져와 다관에 차를 세 번 정도 떠서 넣는다.

차호를 왼손으로 제자리에 놓는다.

숙우에 식힌 물을 다관에 붓는다. 우전은 60℃, 세작은 70℃, 중작은 80~90℃로 물을 식힌다.

```
여름에는 상투법
물을 먼저 붓고 차를 나중에 넣는다.

봄, 가을에는 중투법
물을 반 정도 붓고 차를 넣고 나머지 반을 붓는다.

겨울에는 하투법
차를 먼저 넣고 물을 뒤에 붓는다.
```

왼손에 다건을 든다.

오른손으로 찻잔을 시계 방향으로 돌린다.

찻잔의 물을 퇴수기에 버린다.

찻잔을 다건에 찍어 닦는다.

찻잔을 바로 세운 후 제자리에 놓는다.

다관에 우려진 찻물을 네 번 팽주 잔에 따른다.

팽주는 탕색을 본다.

1번 잔부터 내려오면서 따르고, 다시 4번 잔부터 위로 올라가면서 따라 1번 잔에서 끝을 맺는다.

찻물을 마지막 한 방울까지 1번 찻잔에서 끝낸다.

팽주는 차탁을 왼손 바닥에 올린 후 찻잔을 차탁에 올린다.

팽주는 차탁을 시계 방향으로 살짝 돌린다.

팽주가 다반에 손님 찻잔을 올리면 시자가 도와서 바로 놓는다.

시자는 팽주에게 목례한다.

시자는 다반을 들고 가 손님상 앞에 와서 목례한다.

시자는 중앙 상석 손님부터 찻잔을 드린 후 두 번째 왼쪽 손님에게 찻잔을 드린다.

팽주는 본인의 찻잔을 들고 차 맛을 음미한 후 손님에게 목례로 차를 권한다.

손님들은 같이 목례한다.

차의 색, 향, 미를 감상하며 마신다.

팽주는 한 모금 차 맛을 본 후 찻잔을 오른쪽 곁 다관에 내려놓고 두 번째 우릴 곁 다관을 중앙 창상으로 옮긴다. 이 때 시자는 다식 접시를 들고 손님에게 간다.

시자는 손님 앞에 다식 접시와 젓가락을 놓는다.

시자는 다식합 뚜껑을 열고, 뚜껑은 가지고 자리로 돌아온다.

팽주는 숙우에 탕수를 붓는다.

표주박을 제자리에 돌려놓고 곁 다관 뚜껑을 연다.

팽주는 숙우의 물을 곁 다관에 부어 예열한다.

곁 다관 뚜껑을 닫는다.

팽주는 두 번째 우릴 탕수를 숙우에 두 번 나누어 붓는다.

팽주는 숙우의 차 우릴 물을 본 다관에 붓는다.

두 번째 차가 우려질 동안 곁 다관의 예열된 물을 퇴수기에 버린다.

294

우려진 차를 두 번에 나누어 곁 다관에 따른다.

팽주는 곁 다관을 다반 상에 놓는다.

시자는 곁 다관을 바로 옮겨 놓는다.

시자는 팽주 찻잔을 옮겨 놓는다.

시자는 다반을 든다.

시자는 다반을 가슴 아래 위치에 들고 손님에게 간다.

시자는 손님 앞에 가까이 와서 앉는다.

시자는 제자리로 돌아가고 팽주가 손님 앞으로 나온다.

팽주는 손님 자리에 와서 함께 인사를 나눈다.

손님은 왼손으로 입을 가리며 다식을 먹는다.

팽주는 두 번째 차를 손님에게 따른다.

함께 차를 마시며 다담을 나눈다.

시자는 왼쪽에 있는 다식합 뚜껑을 든다.

시자는 다식합 뚜껑을 앞에 있는 다반에 옮겨 놓는다.

팽주가 제자리로 돌아가면 시자는 다식합 뚜껑을 들고 손님 앞으로 온다.

시자는 다식합 뚜껑을 먼저 덮는다.

시자는 곁 다관을 다반의 왼쪽 위에 놓고, 다식 접시는 곁 다관 아래에 둔다.

팽주는 숙우에 물을 부어 정리할 준비를 한다.

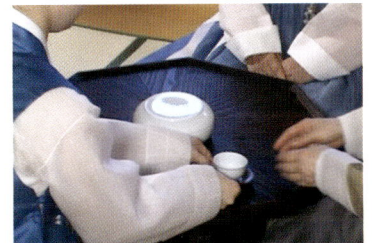

찻잔과 젓가락을 하나씩 거둔다.

찻잔은 사진과 같이 둔다.

시자는 손님에게 인사를 한 후 제자리로 돌아온다.

시자는 곁 다관을 먼저 팽주에게 옮겨준다.

팽주는 찻잔을 순서대로 정리하고 시자는 다식 접시와 젓가락을 정리한다.

시자는 팽주 찻잔을 옮겨 놓는다.

팽주는 숙우의 물을 찻잔에 붓는다.

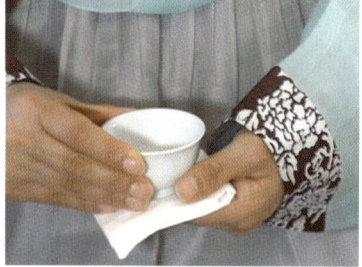
시계 방향으로 살짝 돌린다.

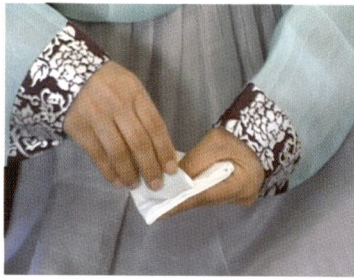
찻잔의 물을 버리고 다건에 끼운다.

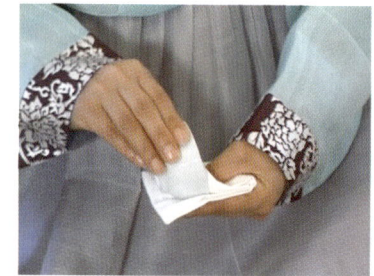
찻잔을 안쪽으로 세 번 돌린다.

물항아리의 물을 뜬다.

차솥에 물을 한 번 보충한다.

표주박 사용 후 엎어서 제자리에 놓는다.

물항아리 뚜껑을 덮는다.

차솥 뚜껑을 덮는다.

다건으로 차솥 뚜껑을 닦는다.

팽주가 곁 다관 상보를 덮을 때 시자도 상보를 함께 덮는다.

팽주는 중앙 찻상보를 덮는다.

팽주와 시자는 손님을 향해 목례한다.

팽주와 시자는 손님에게 가서 서로 수인사를 나눈다.

시자는 먼저 나가서 손님의 신발을 바로 놓는다.

손님을 배웅하고 보이지 않을 때까지 바라본다.

296

접빈 행다례 도구

다기는 계절과 차 종류에 따라 달라질 수 있다.

- 5인 다기 일습
- 차 화로, 차솥
- 항아리(청수기), 표주박
- 퇴수기, 차탁 5개, 찻숟가락, 다건 2개
- 보조다관(곁 다관)
- 다식, 젓가락 3모
- 다식 접시 3개, 다식 그릇(다합) 1개
- 손님용 두레반상 1개, 방석 5개
- 찻상 1개, 보조 다반 3개
- 화병, 다화
- 찻자리(돗자리) 2개, 병풍
- 기타(찻자리에 어울리는 음악 등)

참여한 사람들

기독교 행다법 팽주

- **차와 기도** 김태연 (사)한국차인연합회 부회장, 세계기독교차문화협회 교육원장
- **기독교 폐백** 양계순 세계기독교차문화협회 엘림지부
- **호산나! 호산나! 호산나!** 서영희 (사)한국차인연합회 일란차회, 세계기독교차문화협회 겟세마네지부
- **차의 향기와 그리스도의 사랑** 최태자 (사)한국차인연합회 늘푸른차회, 세계기독교차문화협회 대구늘푸른지부
- **추모예배 행다** 강옥숙 세계기독교차문화협회 경기실로암지부
- **차 한 잔으로 세계복음화** 신필향 세계기독교차문화협회 부산나드림지부
- **부활 행다** 장관호 (사)한국차인연합회 관호정차회, 세계기독교차문화협회 워싱턴D.C 지부
- **구역예배 행다** 전영희 세계기독교차문화협회 울산빛과소금지부
  - 김옥진 세계기독교차문화협회 울산예향지부
  - 이상숙 세계기독교차문화협회 울산시온지부
  - 한은숙 세계기독교차문화협회 울산에덴지부
- **축하 행다** 이영순 (사)한국차인연합회 청조다례원, 세계기독교차문화협회 대구청조지부
- **빛과 소금** 김민주 대전 藝智園

일양 행다법 팽주

- **中正 다례 / 비즈니스 다례** 박천현 세계기독교차문화협회 회장
- **피크닉 다례** 한애란 (사)한국차인연합회 문경새재다례원
- **접빈 말차 다례** 이정아 (사)한국차인연합회 예정다도교육원, 세계기독교차문화협회 서울예정지부
- **신년교례 차회** 최향옥 (사)한국차인연합회 통영차인회, 세계기독교차문화협회 통영샤론지부
- **나눔 말차 다례** 이경란 세계기독교차문화협회 캐나다벤쿠버지부
- **고차 다례** 김늠이 (사)한국차인연합회 밀양다향원, 세계기독교차문화협회 밀양특별지부
- **보이차 행다** 이경옥 (사)한국차인연합회 세계기독교차문화 이레차회, 세계기독교차문화협회 서울이레지부
- **새해맞이 다례** 백현주 (사)한국차인연합회 현명원
- **가족 다례** 이종임 (사)한국차인연합회 세계기독교차문화 목포방주차회, 세계기독교차문화협회 목포방주지부
- **젊은이들의 교제** 박수만
- **어린이 차놀이** 정시온

참여 도예가

- **박부원** 도원요   031-766-4476
  경기도 광주시 초월읍 대쌍령리 89-4번지

- **이수백** 황산요   010-3881-5426
  부산광역시 기장군 기장읍 서부리 252번지

- **신현철** 도예   031-762-2525
  경기도 광주시 도척면 방도리 272번지

- **황동구** 일송요   055-835-8745
  경남 고성군 하이면 봉현리 380

- **안창호** 도정요   031-634-3607
  경기도 이천시 모가면 진가리 271-4

- **김상곤** 진묵도예   031-632-2230
  경기도 이천시 모가면 진가리 210번지

- **백철** 석보도예   031-631-8565~6
  경기도 이천시 신둔면 인후2리 357번지

- **김학동** 매원초가   010-2044-8097
  경기도 이천시 사음2동 564번지

- **김정호** 토람요   010-2443-7678
  서울시 서대문구 연희1동 126-2번지

- **금풍공예사**   061-363-0630
  전남 곡성군 겸면 송강리 23번지

다화(茶花)

김태연 지음 | 올컬러 | 120쪽 | 25,000원

다화란 차를 마시는 자리에 놓는 꽃 장식을 말하며 '찻자리 꽃'이라고도 부른다. 자연의 꽃을 마음에 담아 화기에 옮겨 절제된 단순미로 자연 사랑을 순수하게 표현하는 것이다. 찻자리에 어울리는 다화는 차를 대접하는 짧은 시간 속에서 사람의 마음을 기쁘게 하고 자연의 아름다움을 느끼게 해준다. 『다화』는 1970년대부터 우리 차 문화 보급에 앞장선 1세대 차인(茶人)인 김태연이 직접 연출한 다화의 사진을 모아 화보집 형태로 만든 책으로 찻자리와 꽃의 은은한 조화를 생생한 이미지로 전해준다.

한국의 아름다운 찻자리

김태연 지음 | 올컬러 | 312쪽 | 39,000원

차 문화는 차 외에도 도자기 공예, 천연 염색, 꽃, 음식 등 모든 것이 연결되어 있는 총체화된 문화이다. 『한국의 아름다운 찻자리』는 바로 차 문화의 모든 것을 한 자리에 담았다. 그동안 우리 차계에서는 규범화된 티테이블 세팅만 있었을 뿐 계절과 다양한 계층에 맞는 실용적이고 창작적인 티테이블 세팅은 전무했다고 봐도 과언이 아니다. 그 같은 오랜 갈증을 해소시키고자 하는 목적으로 탄생된 『한국의 아름다운 찻자리』에는 그 누구도 시도해 보지 못한 창작과 창조의 영역을 통해 탄생한 한국 현대 찻자리의 정수가 담겨 있다.

도서구입문의
세계기독교차문화협회 ☎ (031)511-3122 / 도서출판 이른아침 ☎ (02)3143-7995

한국의 새로운 행다례 25

초판 1쇄 인쇄   2010년 5월 10일
초판 1쇄 발행   2010년 5월 15일

지은이 박천현 · 김태연
사   진 이솔네
발   행 세계기독교차문화협회 / 일양문화연구원

펴낸이 김환기
펴낸곳 도서출판 이른아침

주   소 서울시 마포구 마포동 324-3 경인빌딩 3층
전   화 02)3143-7995
팩   스 02)3143-7996
등   록 2003년 9월 30일 제 313-2003-00324호
이메일 book@booksorie.com

ISBN 978-89-93255-49-2 03810
정가 39,000원